イシマル書房
編集部

平岡陽明

ハルキ文庫

JN128835

角川春樹事務所

イシマル書房 編集部

1

神保町《じんぼうちょう》のすずらん通りに、年の瀬《せ》が迫っていた。

低くたちこめた雲が、本の聖地に灰色のフィルターを降ろしている。

コート姿には書物がよく似合うから、本に季語があるとしたら冬じゃないかな。

満島絢子《みつしまあやこ》はそんなことを思いながら、見慣れた通りを歩いていた。学生時代から、この街でどれだけ本を買ってきたか知れない。もし今日採用が決まったら、と絢子は思った。

久しぶりに文庫本を大人買いしよう。

すずらん通りを右に折れたところに、めざす出版社はあった。雑居ビルの二階に「イシマル書房」の表札が出ている。

絢子はコンパクトミラーで前髪《まえがみ》を直してから、

「ごめんください」

とドアを開けた。

「あ、満島さん？」

綺麗《きれい》な女性が迎《むか》えてくれた。整ったうりざね顔に、切れ長の大きな目。ほとんど化粧気《けしょうけ》はなく、ワンピースも地味なものだが、どこか上品で清楚《せいそ》な印象を与える。

「はじめまして、満島絢子です」

「はじめまして、石丸美代《いしまるみよ》です。こちらへお掛《か》けください。あなた、満島さんがお見えになったわよ」

「はい」

奥《おく》で読み物をしていた男性がやって来た。

「ようこそ、石丸周二《しゅうじ》です」

二人が名刺《めいし》を差し出した。石丸が代表取締役《とりしまりやく》社長で、美代さんが専務。いまからこの夫婦の面接を受ける。

「早速《さっそく》ですが、なぜうちみたいに小さな出版社のインターンに応募《おうぼ》してくれたのかしら？」

美代さんが微笑《ほほえ》んで小首をかしげた。自分の美しさを知り尽《つ》くした人の笑みだ。

「ずっと出版社に憧《あこが》れがありまして、それで応募しました」

「一ヶ月前に、ＯＡ機器会社を辞《や》めたとあるけど――」

「はい。全力で転職活動に取り組みたくて」

「ふふふ。思い切りがいいのね」

すると石丸が突然《とつぜん》、絢子の履歴書《りれきしょ》を読み上げた。

「長野県、上田《うえだ》市出身。二十五歳。お茶《ちゃ》の水《みず》女子大学、文教育学部卒業。好きな作家は泉《いずみ》鏡花《きようか》、永井《ながい》荷風《かふう》、スタンダール」

まるで人名事典を校閲《こうえつ》するみたいに入念な口調だ。絢子は質問が飛んで来るのを待った。しかしいつまで経《た》ってもそれは飛んで来なかった。沈黙《ちんもく》に耐《た》え切れず、絢子は今日のために用意してきた志望動機を述べた。

「石丸社長は新文化や文化通信で、『いま注目のひとり出版社社長』として取り上げられていましたね。あの記事を読んで、『わたしもこんな会社で本に携《たずさ》わる仕事ができたら素《す》敵《てき》だな』と思ったんです。大人になってから心の一冊と出会えていない人のために本を作りたい、というお言葉に心を動かされました」

さりげなく出版業界紙を読んでいることをアピールした。新卒採用のときにこう言えていたら、どこかの出版社に決まっていたかもしれない。

「あの手のインタビューは、会社の宣伝になると思って全部受けていたんです」

石丸が照れ笑いを浮《う》かべた。黙《だま》っていると考え事が好きな気難しい青年という感じを与えるが、笑うと麦藁帽《むぎわらぼう》とビーチサンダルが似合う少年みたいになる。

「でもあの頃《ころ》とは、状況《じようきよう》が変わりました」

石丸が気難しい顔に戻った。「来年のうちのスローガンは、〝生き延びる〟です」

「生き延びる……」

絢子はオウム返しをしたが、ピンとこなかった。少なくともこの家庭的な雰囲気《ふんいき》をもつ会社にはそぐわない気がする。

「ネガティブに響《ひび》くかもしれないけど、僕《ぼく》はここに積極的な意味を見出《みいだ》したいと思っています。たとえばこれは先月うちから出た新刊ですけど、ご存じですか？」

石丸が背後の棚《たな》から『里山の多様性《ダイバーシティ》』という本を手に取った。

「すみません、まだです」

うっかりだった。なぜ目を通してこなかったのだろう。

しかし石丸に咎《とが》める気配はなく、「いい本ですが、売れていません」と哀《かな》しそうに本を見つめた。

「かつてクルマがうまれ、人力車夫《じんりきしやふ》は失業しました。石油革命で、鉱山は日本から姿を消しました。ではインターネットも、出版業を押し潰《つぶ》してしまうほどの革命なのだろうか？いまのところ、答えはイエスでありノーです。最終的な答えはまだ出ていません。だから僕らにできるのは、生き延びること。生き延びていれば、その先に何かがあるかもしれない。ないかもしれない。かりに何もなかったとしても、悔《く》いはない。そんなスタンスで来年に臨《のぞ》もうと思っていました。こんな船でも一緒に乗ってくれますか？」

「はい、わたしでよければ」

たじろぎはしたが、迷いはなかった。

「脅《おど》かしてどうするのよ」と美代さんが口を尖《とが》らせた。

「だってこの業界は先行きが暗いし、地味で単調な作業も多い。うちはお給料も高くない。本が好きじゃなきゃ、社長の僕ですら辞めたい理由しか思い浮かばないんだ。でも半年に一度くらい、本好きにはたまらない瞬間《しゅんかん》がある。本は好きですか？」

「好きです」

絢子は力強くうなずいた。自分について確信をもって答えられる、数少ない事柄《ことがら》だ。

「絢《あや》ちゃん――」

美代さんが透《す》き通った声で言った。「……て呼んでもいいかしら？」

「あ、はい」絢子はどぎまぎして答えた。

「うちはこんな小さな会社だけど、絢ちゃんみたいな子が加わってくれたら、それこそダイバーシティが増して嬉《うれ》しいわ。どう？　とりあえず半年のインターン期間になるけど、うちに来てくれる？」

「はい、もちろん。よろしくお願いします」絢子は立ち上がって頭を下げた。

「ありがとう」

美代さんが胸の前で小さくパチパチしてくれた。石丸はちらりと時計を見て、「それじゃ少し早いけど、お祝いにランチでもどう？」と言った。

「ありがとうございます。ご一緒《いっしょ》させて頂きます」

すずらん通りに出たところで、「カレーと中華《ちゅうか》なら、どっちがいい？」と石丸が訊《たず》ねた。

「そこですよね、神保町でいつも悩むのは」

「通《つう》だね。まあ僕なんか、ここで足掛け七年も働いているから、もう悩《なや》まなくなっちゃったけど」

結局ふたりはスキートポーヅに入った。店はまだ空《す》いていた。絢子は餃子《ギョーザ》八個の小皿定食を、石丸は十二個の中皿定食を注文した。

「石丸さんは七年も神保町に勤めていらしたんですね」

「うん。出版社の社員として五年、いまの会社で二年」

「そのあいだに――」

「そう。吉祥寺《きちじょうじ》が一年半か」

イシマル書房は吉祥寺で産声《うぶごえ》をあげた。

手触《てざわ》りや温《ぬく》もりを大切にする本づくり。「里山」や「ノマド」や「ロハス」といった流《は》行りの言葉を、斜《なな》め上くらいから切り取るタイトルワーク。本の問屋である取次《とりつぎ》に頼《たよ》らず、書店さんから一軒ずつ注文を取る手売り。出版社の手垢《てあか》がついていない吉祥寺という土地柄。元気いっぱいの若社長。そんなきらきらワード満載《まんさい》だったからこそ、不景気な話題しかない出版業界で注目されたのだ。

「なぜ吉祥寺から神保町《こっち》に移ってきたんですか」

絢子は温かいお茶で両手の暖をとりながら訊ねた。

「こちらから眺《なが》めたら、吉祥寺は遠い西の果てだよね。だけど僕と美代は、八王子《はちおうじ》の大学だったんだ。そしてあちらから眺めると、吉祥寺は憧れの大都会ということになる」

あまり答えになっていなかったが、絢子は「お二人は同じ学校だったんですね」と先をうながした。

「しかも同じサークル。あっちが一コ上で、卒業してから同窓会で再会して、付き合い始めたんだ」

美代さんが姐《あね》さん女房だというのは、なんとなく納得《なっとく》がいった。会社のホームページによれば石丸は三十三歳だから、美代さんは三十四歳。とてもそんな歳《とし》には見えない若々しさだ。

定食が運ばれてきた。絢子は辛子《からし》をつけて頰張《ほおば》った。美味《お》しい。どうしてこうも、辛子と酢醤油《すじょうゆ》にあう餃子がつくれるのだろう。

「美代さんも出版のお仕事をなさっていたんですか？」

「してない。大学を出てからは銀行に勤めていた」

「銀行？」

「親父《おやじ》さんが銀行のお偉《えら》いさんなんだ。だからそのコネでね」

なるほど。だから賢そうで、品があって、そつがないのか。お茶大でも、いいとこのお嬢《じょう》さんはみんな、何事にも「正解」を見つけるのが上手《じょうず》だった。

「じつは起業するとき、向こうのお義父《とう》さんにお世話になった。僕だけじゃ銀行の融資《ゆうし》はおろか、事務所を借りるのですら難しかったからね。イシマル書房は、僕と美代の会社だったんだ」

だった？　絢子はすこし引っ掛かりを感じたが、あまり踏《ふ》み込んだ質問をするのも躊躇《ためら》われる。

食べ終わると、二人は近くの喫茶店《きっさ》、神田伯剌西爾《ブラジル》に入った。まだ昼前なのに、ひと仕事終えたような顔つきの中年男性たちが珈琲《コーヒー》を啜《すす》っている。スマホより本を読んでいる客が多いのは神保町らしい。

「絢ちゃんて、いまどき珍《めずら》しい文学少女だよね」

「ときどき言われます」

「美代が履歴書見てびっくりしてたもん。なんでこの子、出版社に行かなかったのかしらって」

「就活とか向いていなかったんです。要領悪いから」

「要領は僕も悪いけど」

「あの、ひとつ伺《うかが》ってもいいですか？」

「どうぞ」

「なぜイシマル書房は直販なんですか？」

途端に石丸が教育的な表情になった。

「いま日本では、年間どれくらいの新刊が出てると思う？」

「八万点くらいですか」

正解、と石丸が嬉しそうな顔をした。

その手の業界本なら、いくつか読んで予習してきた。

「つまり一日に二百冊くらい新刊が出ていることになるね。だから本をつくっても店頭に二週間しか並ばないこともあるし、即返品を食らう本だってある。本の売れ行きは年々鈍《にぶ》っていて、返品率は四割とも言われる。一冊ずつの売り上げが落ちた出版社の考えることは、なんだと思う？」

「点数を増やして、カバーする」

「その通り。こうして『売れない新刊』が乱造され、納品と返品がくりかえされる。すると書店の現場が疲弊《ひへい》する。ここまではどんな本にも書いてある」

たしかに書いてあった、と絢子は胸の中でうなずいた。

「ここで登場するのが取次。彼らは言ってみれば、出版界の大動脈だよね。日本には出版社がいくつあるか知ってる？」

「たしか四千社くらい……」

「えらい。よく勉強してるね」

と石丸が微笑んだ。

「つまり取次は、四千ある出版社が出す八万点の新刊を、一万店以上ある書店や五万店以上あるコンビニに配本してくれる。一店舗ずつの適正部数を割り出して配本し、返品が来たら出版社に戻す。複雑な回収金の計算や、振り込みまでしてくれるんだよ。すごいよね、取次って」

心底そう思っているように言ってから、石丸は「はあ」とため息をついた。

「なぜそんなに便利なものを使わないんですか？」

「使わないんじゃなくて、使えないんだ。おろし価格六十七％、部戻《ぶもど》し五％、入金は七ヶ月後。これが新規出版社の取引条件なんだ。部戻しっていうのは、まあ追加手数料みたいなものだと思ってもらっていい」

これは初耳で、どの本にも書いていなかった。

「たとえば千円の本を五千部つくったとする。新刊は部戻しがつくので、おろし価格は六十二％。千円×五千部×〇・六二。ざっと三百万が七ヶ月後にうちの会社に入ってくる計算になる。でも三割は保留分として取次の口座に残さなくてはいけない。なぜなら今後返品があるかもしれないし、次の本が赤字かもしれないから。そのとき保留金で相殺《そうさい》するんだ」

「信用ないんですね」

「仕方ないよ、こんなご時世だもん。で、三割保留されると二百万強。これが七ヶ月後に振り込まれるまでに、幾《いく》らお金が出ていくと思う？」

「想像もつきません」

　本当に想像もつかなかった。石丸は冷めた珈琲に口をつけてから、ベテランの会計士みたいに頭の中の帳簿を読み上げた。

「印税が十％で五十万。印刷代が約八十万。デザインと校正代が合わせて三、四十万。つまり取次から入金がある前に、百五十万以上のお金が出ていく。これに家賃、人件費、光熱費、倉庫代、交通費なんかを加えるとどうなる？」

「どうにもなりませんね」

「そう、どうにもならない」

　と言って石丸はすこし虚無《きよむ》的《てき》な笑みを浮かべた。

「だからうちは直販なんだ。直取引に応じてくれた書店さんと、毎月一店ずつ精算業務を行う。これなら入金サイクルを早めることができる」

「書店さんにも、直取引をするメリットはあるんですか？」

「ある。うちは即日満数出荷。送料はこっちもち。いつでも返品ＯＫ」

「満数出荷というのは？」

「たとえば地方の小さい書店さんだと、『ベストセラーを十冊下さい』と注文しても、三冊しか入ってこないことがある。入ってきても三週間後なんてザラ。返品条件もキツイ。だからいつでも即日満数出荷で返品ＯＫというのは、書店さんにとってもそれなりに魅力的だと思う」

「なるほど……。出版社経営って大変なんですね」

「以前、タクシーの運転手さんに身の上話を聞いたことがあるよ。『自分はむかし会社を経営していたけど、今の方がよっぽどラクです』だって。そのときはピンとこなかったけど、今は凄《すご》くよくわかるな。僕もむかしはよく考えもせず、会社のお金でタクシーに乗ってた。著者と美味しいものを食べてた。だけど今は考えちゃうんだよね。ここでタクシーに乗って時間を節約する意味があるか？　この人とご飯を食べて得るものはあるか？　そんな自分がちょっと嫌《いや》になることもあるけど、俺《おれ》、経営者だし。会社を潰す訳にはいかないし。……って、なんか暗い話でごめん」

「いえいえ」

「でもせっかくご縁《えん》が生まれたんだ。僕なんかまだ駆《か》け出《だ》しだけど、絢ちゃんにはいい出版人になって欲しいから、知っていることはすべて教えます」

他人から一人前候補として扱《あつか》われたのは初めてのことで、絢子は思いがけず胸が熱くなった。

「そうだ。あさっての金曜、忘年会で熱海《あたみ》へ社員旅行に行くんだけど、一緒にどう？」

「熱海ですか？」

「そう、熱海。もうひとり竜己《たつみ》という営業の人間がいて、三人で行く予定だったんだ。せっかくだから絢ちゃんの歓迎会も兼ねて四人で行こうよ」

働き出してもいないのに泊りがけとは気が重かったが、「ご一緒させていただきます」と言うほかない。

「よかった。それじゃ金曜の二時に熱海駅集合ね」

オフィスに戻《もど》ると、美代さんと話している男がいた。細身のストライプのスーツ。先の尖った高そうな靴《くつ》。冬なのに日焼けした肌。

「あ、どうも」

と石丸が軽く頭を下げた。どうやら〝営業の竜己さん〟ではないらしい。

「こんどうちでインターンしてくれることになった満島絢子さんです」

石丸に紹介されて、絢子もとりあえず頭を下げた。

男は上から下まで、絢子を舐《な》めるように見つめ回した。

「可愛《かわい》い子でしょ」と石丸が言った。

「ええ、まあ」

気のない返事に絢子は軽く傷ついた。というか、この人だれ？

「社員旅行にも参加してくれることになりました。たまには小暮《こぐれ》さんもご一緒にいかがですか」

小暮と呼ばれた男は鼻で笑い、「そのうちご一緒させて頂きますよ」と、一ミリたりともその気がなさそうな口ぶりで言った。

「でも、イシマル書房にそんな余裕あるんですかね？」

「大丈夫《だいじょうぶ》ですって。熱海の安宿に一泊ですから」

「しっかり頼みますよ。今月の新刊はどうなんですか。里山の……なんでしたっけ」

「里山の多様性《ダイバーシティ》。まだ発売二週間ですから、これからです。いま竜己が追加注文を取ってます」

小暮はため息をついた。

「一冊ずつ手売りするのもいいでしょう。でも一方で、大きな戦略とマーケティング感覚を身につけてください。勘《かん》とセンスと出たとこ勝負という出版界の悪《あ》しき慣例から、一刻も早く抜け出して貰《もら》わないと困るんです。もう何度も言ってますけど」

「わかってますって」

おざなりの返事に聴こえたのだろう。小暮はムッとしたあと、顔に決意を滲《にじ》ませた。

「折り入って話したいことがあります。ちょっといいですか」

「あ、じゃあ絢ちゃんはここで。金曜二時に熱海だからね」

石丸が小暮に連行されていったので、絢子は美代さんに『里山の多様性《ダイバーシティ》』を一冊もらい、オフィスを出た。

その足で三省堂《さんせいどう》と東京堂《とうきょうどう》を訪れ、予定通り文庫本七冊の大人買い。紙袋をかかえて白山《はくさん》通りのドトールに入った。

まず『里山の多様性《ダイバーシティ》』を十五分で読了した。次にスマホを取り出し、「読書メーター」のアイコンをクリックする。きのう書いた感想に、すでに三ケタの「ナイス」がついている。絢子は『里山の多様性《ダイバーシティ》』を「読んだ本」に移動して、猛烈な速度で感想を打ち始めた。

里山とは何か？　それはかつて人と自然のあいだにあった、理想的なグレーゾーンでした。たとえばクマさんに「ここから先は入ってこないでね。お互い不幸になるから」と報《しら》せる野原であり雑木林です。信号でいえば黄色。だけど山菜は採《と》れるし、子どもの遊び場にもなる。こうした多様性に充《み》ちた空間が、現代社会から失われているのでは？　と著者は警鐘《けいしょう》を鳴らします。私たちは自分の生活空間にも、心の中にも、新たな「里山」を創《つく》り出さなければいけませんね。文章には、そこはかとないユーモアがあって、さらりと読めます。オススメ！

いちど読み返してからアップした。絢子はいつも文字数制限ぎりぎりの二百五十五文字近くまで使うことにしている。単純に書きたいことが多いし、たくさん書いたほうが「ナイス」の数も増える。

——にしても、登録数十七か……。

石丸が売れていないとボヤく理由もわかった。本好きが集まるこのサイトで、この程度の注目しか集めていないのだ。

——でもこれで少しは売り上げアップしますよ。

目を細めてスマホの画面に見入る絢子の姿は、カリスマ書評家らしい貫禄《かんろく》にみちあふれていた。

「読んだ本」７２１６冊（１日平均２・７５冊）
「読んだページ」２１６４８００ページ（１日平均８２５ページ）
「お気に入られ」３２５人

これが登録名「あやたんぬ」の現状データだった。絢子は大学に入ると同時に「読書メーター」に登録したが、感想をアップするのがあまりに速いので、

「複数人でアカウントを共有してる読書集団ですか？」

とコメント欄《らん》に書き込まれた。もちろんちがう。本当に一日平均二・七五冊の本を読んできたのだ。

絢子が自分の特殊能力に気がついたのは、高校生のときだった。『サヴァン症候群』という本を読み、「わたしもプチ・サヴァンでは？」と思ったのだ。

でもちがった。本で紹介されているように「一度読んだだけで本の内容を丸暗記できる」わけではないし、「二万年後の二月十九日の曜日を即答できる」わけでもない。

ただし短期記憶についてはいささか――というか、かなり――自信があった。この能力のお陰《かげ》で、歴史のテストは一夜漬《いちやづ》けでたいてい満点だった。

なぜ速読や短期記憶が得意なのだろう？

家業のせいかもしれない。

絢子の実家は千曲川《ちくまがわ》のほとりで、曾祖父《そうそふ》の代から印刷業を営んできた。物心がついたとき、祖父は活字工で、父は印刷屋、叔父《おじ》は製本屋だった。絢子は本がつくられていく過程を眺めるのが好きな子だった。

七歳になると絢子にも役割ができた。叔父がノリの乾いた見本を一冊ぬきとり、

「ほら、破ってごらん」

と絢子に手渡す。絢子は「ごめんね」とつぶやいてから、全力で本を壊《こわ》しにかかった。七歳の少女にバリバリと壊せない仕上がりなら合格。もし破壊されてしまうようなら、綴《と》

じ糸やノリの強度を再考しなくてはいけない。

絢子は家業に貢献《こうけん》できる誇《ほこ》らしさを感じたが、腕力のついた十歳頃にはお役御免《ごめん》となった。次に絢子が担当したのが、校正紙のチェックだった。試し刷《ず》りしたゲラを発注者へ届ける前に、こちらのミスがないかチェックする。絢子はこの仕事が好きだった。息を止め、目を皿のようにして元原稿と校正紙をつきあわせる。

「あ、誤植《ごしょく》はっけ〜ん！」

間違いを見つけるたび、大人たちが顔をくしゃくしゃにして褒《ほ》めてくれるのが嬉しかった。

夏の夕暮れどきになると、男たちは川っぺりに縁台を持ちだしてビールを飲んだ。涼しい風に吹かれながら一服つける姿に絢子は見惚《みと》れた。

「やっぱり若い先生の論文には、間違いがあるなぁ」

と祖父が目を細めて言った。日中はうす暗い工場《こうば》で働いているので、なかなか暮れない夏の夕日が眩《まぶ》しいらしい。祖父は中卒だったが、活字を拾うスピードは驚異的《きょういてき》で、誤字脱字を見つける能力には神がかり的なものがあった。

「どうして若いと、間違いがあるの？」

絢子にはまるで理由がわからなかった。

「おいで、絢ちゃん」

祖父は優しく微笑んで絢子をひざの上に乗せ、油とインクまみれの手で孫娘の腹まわりをおさえた。

「十年かけて心血注いだ論文には、間違いが一つもないものだよ。どんな仕事でも長いあいだ真剣《しんけん》にやっていれば、年季が入るもんだ」

本に携わる仕事がしたい。

門前の小娘《こむすめ》はいつしかそう思うようになった。それは作家かもしれないし、書店員かもしれないし、印刷屋かもしれなかった。

だが学生時代に『編集会議』という雑誌を読むようになって、編集者に狙《ねら》いを定めた。とくにこの二年間は、「私はこうして編集者になりました」という転職成功記の連載《れんさい》を熟読してイマジネーションを養った。だからイシマル書房のウェブサイトで「社会人インターン募集」を見つけたときは「ここだ！」と思った。

——まあ今日決まったわけだし、あながち直感は間違っていなかったな。

絢子はレジでチーズケーキを追加購入してきてから（採用が決まり気が大きくなっていたのだ）、読書メーターで「お気に入り」に入れている書評家《ユーザー》のパトロールを始めた。定期的にチェックする人が何人かいる。

——あ、アイアンさんが二冊アップしてる！

彼はいちばんのお気に入りで、絢子ほどではないにしろ、たくさんの感想をアップする。ほとんどが小説で、今日アップされていたのは次の二冊だった。

朝井《あさい》リョウ『何者』

久方ぶりに現れた神童である。等身大の若者を描きつつも、じつは古典的な心理小説のフレームを踏襲《とうしゅう》している。比喩《ひゆ》がうまい。描写にオリジナリティがある。キャラクターの心立ちが曖昧《あいまい》にして明瞭《めいりょう》である。いずれも三島由紀夫《みしまゆきお》の通俗小説ラインに通ずる特徴《とくちょう》だ。十年に一度の逸材《いつざい》の登場に、今晩は一杯《いっぱい》やりたくなった。

色川武大《いろかわたけひろ》『怪しい来客簿』

何十年ぶりかの再読。たとえば力士を描《えが》き、これほどまで哀愁《あいしゅう》とユーモアを漂《ただよ》わせることのできる書き手は日本にいなかった。いまは無き後楽園《こうらくえん》競輪場に、色さんが佇《たたず》んでいた景色がなつかしい。嗚呼《ああ》、昭和は遠くなりにけりだ。

絢子はアイアンさんの書評にコメントを書き込んでから、チーズケーキを平らげ、ドトールを出た。

本郷《ほんごう》のアパートへは歩いて帰る。ごみごみした水道橋《すいどうばし》の学生街をぬけ、東京ドームシティの観覧車を横目でにらみつつ、右に折れて坂をのぼる。

するると昭和どころか、大正を偲《しの》ばせる路地に入り込む。古民家の住人たちが手塩にかけて育てた植木鉢《うえきばち》が、打ち水された小路《こうじ》にひしめいている。まるで昔の小説誌の挿絵《さしえ》を見るようだ。

絢子はここに住んでもう七年になる。お茶大に合格して父と上京したとき、

「本郷には樋口一葉《ひぐちいちよう》や石川啄木《いしかわたくぼく》がのどを潤《うるお》した井戸がまだあります」

と聞いて即決した。木造の古いアパートだが家賃は安い。

絢子は階段をあがり、そっと自分の部屋へ入った。へたに震動を与えると、本の山が崩《くず》れかねない。もう玄関から八畳一間まで、古本屋の倉庫みたいなことになっているのだ。

両親にメールでインターン採用を伝えると、すぐに父から返信がきた。

「おめでとう。絢ちゃんならいつか決まると思ってたよ」

母からも追ってメールがきた。

「お祖父《じい》ちゃんが、またお小遣いを封筒《ふうとう》で送るって（笑）」

絢子は「いい出版人になって欲しい」という石丸の言葉を思い出し、にこやかに眠《ねむ》りについた。

金曜日は早めの新幹線で熱海駅に向かった。

駅前の足湯にボーッと浸《つ》かっていると、スーツを着た鋭《するど》い目つきの男が向かいで足を浸けた。男がカバンから本を取り出したのを見て、絢子は「あっ」と声をあげた。『里山の多様性《ダイバーシティ》』だった。

「ひょっとして、イシマル書房の方ですか？」

「あン？」男が顔を顰《しか》めた。

「すみません、なんでもありません」

「ジブン、イシマル書房の宇田川《うだがわ》ですが、どこかでお会いしましたっけ？」

「やっぱり！　わたし、このたび御社《おんしゃ》でインターンすることになった満島絢子です」

「ああ、聞いてますよ」

男はざぶざぶ湯をかきわけて来て、絢子の隣《となり》に腰《こし》をおろした。

「営業の宇田川竜己です。ヨロシク！」

「今日もスーツなんですね」

「ええ。藤沢《ふじさわ》とか平塚《ひらつか》の書店さんを営業しながら来たんですけど、思うように注文とれなくて」

竜己が注文票を見せた。注文数は「一冊」と「二冊」だ。

「よくわからないのですが、厳しいんですね」

「厳しいっス。直販を嫌がる書店さんも多くて。まあ作業が増えるから仕方ないんだけど。

やっぱ地味なのかな、この本」

竜己は本をぱらぱら捲《めく》ってから、「ジブン、ちょっと向こうでタバコ吸ってきますね。これ使いますか?」とハンカチを差し出した。

「あ、大丈夫です。ありがとうございます」

竜己はハンカチで足を拭《ふ》き、喫煙所《きつえんじょ》へ向かった。

絢子は三人目の先輩《せんぱい》が接しやすい人物であることに安堵《あんど》した。ハンカチにもきちんとアイロンが掛かっていたし、なにより仕事熱心だ。

二時前に石丸と美代さんも到着《とうちゃく》した。デニムにスニーカー姿の石丸は、ちょっと前まで学生をやっていた人に見える。対して美代さんは、ベージュのコートを上品に着こなしている。

四人が乗りこんだ送迎バスは山をうねうねと登り、海と街を一望におさめることのできるホテルに送り届けてくれた。

チェックインを済ませたエレベーターの中で、「わたしたちは1207ね」と美代さんに言われ、絢子はすこし緊張《きんちょう》した。しかし部屋に入ると六十平米くらいはありそうな和洋室で、ホッと胸を撫《な》でおろした。これなら気詰まりも少なくて済む。

しばらくして、浴衣《ゆかた》に着替えた男たちがやって来て、

「おっ、俺らとおんなじ間取りじゃ～ん」

と竜己が修学旅行の男子が言いそうなことを言った。

絢子は三人にすこし遅《おく》れて大展望風呂《ぶろ》に向かった。浴場の戸を開けると、美代さんが露《ろ》天《てん》風呂へ向かうところだった。

――あ、美代さんて恥部《ちぶ》をタオルで隠《かく》すタイプなんだ。

絢子は生まれたままの姿で洗い場を闊歩《かっぽ》する主義である。

さっと体を流してから露天風呂へ行き、美代さんの隣に浸かった。眼下には熱海の景色が広がっている。蒼々《あおあお》とした冬の海に、初島《はつしま》が浮かんでいた。湯はちょっとぬるめだったが、絢子はこれくらいのぬる湯が好きだ。

「いい景色ですね」と絢子は言った。

美代さんは頬に湯を馴染《なじ》ませながら、

「あの人、〝露天風呂からの景色〟が宿を選ぶときの基準なの」

絢子はことこと笑った。

「変わった会社に入っちゃったね」

「いえいえ、みなさんいい人ばっかりで。そういえばこの前の小暮さんて方も、社員さんなんですか?」

「あの人はね――」

美代さんの綺麗な眉《まゆ》と眉のあいだに、一瞬《いっしゅん》しわが寄った。そして思いがけないことを言った。

「じつはうちって、子会社なのよ」

「えっ？」

「小暮さんは親会社の担当役員。つまり、お目付役ね。本社の意向を汲《く》んで、ああしろ、こうしろって言うのが仕事」

「あー」

それで納得がいった。石丸が「イシマル書房は、僕と美代の会社だったんだ」と言ったこと。小暮の横柄《おうへい》な態度、口調、上から目線。

「親会社って、なんの会社なんですか」

「ＣＴカンパニーと言って、もとはＩＴ専門。今はＭ＆Ａとかコンサルもやってるんですって。わかる？」

「全然わかりません」

わたしもＣＴカンパニーのＣＴが何を意味してるのかすら、よくわかってないんだよね、と美代さんは笑った。

「一年前、うちは倒産《とうさん》寸前だったの。お金は出て行くし、本は売れないしで。あの人は起業してからずっと、資金《しきん》繰《ぐ》りばかりしていた。これじゃなんのために出版社を起こしたのかわからないね、あと二ヶ月で口座のお金が無くなるね、と話していたとき、出資の話があったの」

「CTカンパニーから?」

「そう、CTカンパニーから」

美代さんは立ち上がって浴槽《よくそう》に腰かけ、胸から下をタオルで隠した。太ももや横腹にもシミひとつない、白絹《しらぎぬ》のような肌だ。

「そのときCTの人たちに言われたわ。『今は作品じゃなくて、コンテンツの世の中です。その違《ちが》いをよく理解してください』って」

作品とコンテンツの違い……。たしかに言葉の重みは違うように感じるが、それぞれの定義が今は思いつかない。

「外の人から見ると、出版の世界ってコンテンツの宝庫なんですって。うちみたいに小さな会社でもコンテンツメーカーの一つで、小暮さんたちはもともと出版社経営に興味があったみたい。ITで潰しがきく人材もいそうだし、ってことで」

「小暮さんて偉いんですか?」

絢子は全身を舐めるように見回されたことを思い出した。

「うん。創業グループの一人で本社の役員だから、上場したとき結構なお金になったみたい。若いのにとてもリッチよ、あの会社の上の人たちは」

それを聞いて絢子は、「もうああいう人たちをヒルズ族とは呼ばなくなったな」とどうでもいいことを思った。美代さんが湯船に浸かったのと入れ代わりに、絢子は立ち上がって浴槽に腰かけた。念のため下腹部にタオルを置く。

「ついでだから言っちゃうけど、このまえ絢ちゃんが帰ったあと、小暮さんに最終通告されちゃった。あと半年で経営に改善が見られないようなら、とあるパチンコメーカーに御社の株を売却しますって」

「パチンコメーカー……」

「パチンコメーカーって、パチンコ台の元ネタになるようなキャラクターとかコンテンツを常に探してるんですって」

「でもイシマル書房の刊行物は――」

「うん、全然違う。だから売却されたら、アニメとかコミックの雑誌を創刊しなきゃいけないみたい。あと、パチンコ屋さんに置くフリーペーパーの制作なんかも。先方はかなり乗り気らしいわ」

「もしそうなったら、どうなるんですか？」

「どうなるんだろう……。親会社の言う通りにするしかないわね」

「どうにかならないんですか？」

「どうにかしようとして、あの人、小暮さんに啖呵《たんか》きっちゃったの。『CT社の保有するうちの株式を全部買い戻します。ただし期限を半年から一年に延ばしてください。お金は必ず用意しますから』って。株を買い戻すには、七千万円もいるのよ」

「七千万！」

「千三百円の本を十五万部売れれば、その額をつくれるんですって。計算したら、たしかに七千万円になるわ。出版社の粗利は増刷からだいたい四割とされているから。だけど問題は――」

と美代さんがため息をついた。聞かないでもだいたい想像はつく。

「これまでうちでいちばん刷ったものでも、一万三千部に過ぎないってこと。十五万部を刷る資金もなければ、ノウハウもないし、企画もない」

「小暮さんはなんと？」

「社で検討しますが、きちんとした事業計画を提示しない限り難しいでしょう、ですって。ほんとにごめんね。こんな通告を突きつけられるってわかっていたら、インターン採用なんて暢気《のんき》なこと思いつかなかったのに」

「いや……」

返す言葉も見つからず、絢子はぽちゃんと湯船に浸かった。

「ああいう会社って、話も早いけど、見切りをつけるときも早いのよ」

半分は自分自身に言い聞かせるような口ぶりだ。

「でも石丸社長は、どうにかなさろうと考えておられるんですよね」

「ええ。あとで発表があると思うけど、どうかしら……」

美代さんは手を合わせて「絢ちゃん、ごめん」と言った。

「こんなこと言うの本当に心苦しいんだけれど、辞めるなら今よ。絢ちゃんは優秀《ゆうしゅう》だし、未来がある。うちはこんな状態だから、半年を棒に振ることになるかもしれない」

採用を辞退しろと言われているのだろうか？

「あの、石丸社長はなんと？」

「あんなにいい子が来てくれるとは思わなかった、って喜んでる。それはわたしも同意見。だけどあの人はこうなっちゃうと――」

と美代さんは自分の視界を手で狭《せば》めた。「周りが見えなくなるタイプなの。悪気はないんだけど、人にはそれぞれのライフプランがあるってことに思いが及《およ》ばなくなるの」

「インターン期間中は時給千円とお伺いしましたが、ひょっとしてそれもご負担になっているとか？」

「さすがにそれはないわ。大丈夫」

「でしたら」

と絢子はおずおず切り出した。「まったくお役に立てないかもしれませんが、やはりインターンは続けさせて頂けませんか」

「いいの？」

美代さんが窺《うかが》うような目つきになった。絢子は「はい」とうなずいた。

「じゃあ頼りない会社だけどよろしくね。ほんと言えば、わたしも女の子がいてくれると助かるし。ふう。のぼせちゃったから先に出るね。それにしても、絢ちゃんておっぱい大きいんだね」

「きゃっ！」

立ち上がりざまに美代さんに乳房《ちぶさ》をてろんと撫《な》でられ、絢子は思わず声をあげた。ちょっといやらしい触《さわ》り方だった。

脱衣所に行くと、美代さんが鏡と向き合っていた。

そこに映った乳房は、たしかに小ぶりだけれど、色っぽかった。ヒップもぜんぜん垂れていないし、むしろキュッと引き締まった中に女性らしい丸みや柔らかさがある。

——わたしも早くあんなふうに熟《う》れたいな……。

絢子がちらちら窺っていると、美代さんは真紅のTバックショーツを手にとった。

その布の少なさに比べて、絢子の下着ときたら中学生がつけるような厚地のお子さま仕様だ。保守的な下着を見られるのが恥ずかしくて、絢子は美代さんが出て行くのを待って下着をつけた。

夕食は六時からだった。半個室で、まずは生ビールで乾杯した。

「絢ちゃん、おめでとう！」

ジョッキが音を立てる。仲間に迎《むか》え入れられた、という手応《てごた》えが素直《すなお》に嬉しい。ところ狭しと並んだ懐石《かいせき》料理も、日ごろ一汁三菜《いちじゆうさんさい》の自炊生活を送る絢子にとっては眩《まぶ》しかった。地獲《じど》れのお刺身を一口いただき、思わず頰がゆるんだ。

男たちの二杯目のジョッキが運ばれて来たところで、「それでは本題に入りたいと思います」と石丸が言った。

「まず、『マイ・インターン』という映画を観《み》たことがある人？」

美代さんと絢子が手を挙げた。

竜己が「えっ、えっ、俺だけ？」と真剣に焦《あせ》る。

「では竜己のためにあらすじを紹介しよう。アン・ハサウェイ演じる女性社長は、ネット通販会社を急成長させつつあった。やることは山ほどあり、アンのポカも増えた。そこである日、社員に提案されてしまう。『経営のプロをトップに招いてはどうですか？』と。CEO、つまり最高経営責任者のことだ。アンは抵抗《ていこう》する。『わたしが起こした会社なのよ。それなのに他人がトップに来てわたしに命令するなんて絶対に嫌』。まあ、その気持ちはわかるよね」

「当然です」

竜己が鋭い目つきでうなずいた。早くもあらすじに感情移入しているらしい。

「そこで登場するのがロバート・デ・ニーロ。アンの会社の『高齢者《こうれいしや》インターン募集します』という告知を見て応募してきた。彼はとっくに引退して悠々自適《ゆうゆうじてき》の老後を送っていたんだけど、どこか物足りない。もういちど社会と関《かか》わりたい。自分の経験を職場で活《い》かしたい。お金は二の次で結構。そう思って応募してきたんだ。この爺《じい》さん、じつはめちゃくちゃダンディ。おしゃれで、紳士《しんし》で、ユーモアがあって、頼りになる」

「かっこいいっスね」

「そこで俺も、この作戦で行こうと思う」

「あれ？　あらすじはもう終わりっスか⁉」

「うん。これまでイシマル書房は、俺が編集、竜己が営業、美代が庶務でやってきた。でもそれじゃダメだってことが、この三年間で証明されたんだと思う。残念だけど」

一座が急にしゅんとなった。

「だからCEEを募集しようと思う」

「なんすかそれ」

「チーフ・エグゼクティブ・エディター。すなわち最高編集責任者だ」

さいこう、へんしゅう、せきにんしゃ……と竜己がつぶやいた。

「イシマル書房も高齢者インターンを募集するんだ。俺なんか足元にも及ばない、経験とセンスとノウハウの持ち主をな」

「そんな人、いますかね」

「どこかにいると思うよ。日本にはこれだけの出版社があるんだから。いい人が見つかったら、俺はその人に編集権を預けるつもりだ。ミッションは『一年以内に千三百円の本を十五万部売ってください』。もしくは『一年以内に七千万円つくってください』。以上、なにか質問はあるかな？」

誰《だれ》も質問しないのを見て、絢子が挙手した。

「そのロバート・デ・ニーロが見つかった暁《あかつき》には、わたしは何をすればよろしいのでしょうか？」

「絢ちゃんには主にその人の編集アシスタントについて貰《もら》おうと思う」

「かしこまりました」

もし見つからなかった場合は？　という愚問《ぐもん》は呑《の》み込んだ。問うたところで仕方ない。

「ほかに質問は？」

「社長はそれでいいんスか？」

どことなく尖った口調で竜已が訊ねた。

「ああ、仕方ないよ」

石丸は力強い諦観《ていかん》をただよわせて応じた。

「俺、映画を観ながら思ったんだ。『アン、ＣＥＯを受け入れちゃえよ』って。むかしスタンリー・アンウィンが書いた『出版概論』という本の中に、こんな一節がある。『出版社ほど起こすのが簡単で、長続きさせるのが難しい業態はありません』。歴史的に見ても、出版社の幼児死亡率はめちゃくちゃ高いんだって。俺もいま、そのことを痛感してるよ。だから来年のスローガンを『生き延びる』にしたんだ。だって、俺たちにはそれしかないじゃないか。正直、俺はイシマル書房が自分の子どものように可愛い。自分の子どもが死にかけたら、親は世界中の名医や祈禱師《きとうし》を訪ねるだろ？　いま、まさにそんな気分だよ。生き延びるためなら何でもやる」

「わかりました。社長がそこまで腹括《はらくく》ったんならやりましょう。で、その高齢者インターンってのはどうやって集めるんです？」

「これを見てくれ」

石丸がスマホのメモアプリを開いて、みんなの前に差し出した。

高齢者インターン募集！
編集経験者で、イシマル書房のために本をつくってくれるシニア世代の方を募集します。
委細相談。ぜひあなたの経験と手腕《しゅわん》を、イシマル書房で発揮《はっき》してください！
ご希望の方は弊社《へいしゃ》までご連絡を。

「こんな感じでとりあえず会社のホームページにアップしてみようと思うけど、どうかな?」

「う～ん、なんか迫力《はくりょく》が足りなくないスか」

「そうかな。絢ちゃんはどう思う?」

「そうですね、たとえばですが……」

絢子は石丸のスマホを手に取り、猛然《もうぜん》と指を動かした。

「こんな文面はどうでしょう?」


シニア・インターン募集!

あなたの編集経験をイシマル書房で活《い》かしてくれませんか?

高齢者には叡智《えいち》があります。経験があります。広い視野があります。

イシマル書房では、そんな凄腕《すごうで》のシニア編集者を待望しております。

私たちと一緒に本をつくってください!

まずはお電話を。三顧《さんこ》の礼を以《もっ》てお迎え致します。


「いいね、これ。アップしよう」

石丸はその場でスマホを操作し、会社のホームページにアップした。

「にしても、来ますかね。ロバート・デ・ニーロ」と竜己が訊ねた。

「来るさ。俺、こういう引きは強い方なんだよ」

「タチウオはなんて言いますかね」

「どうにか呑んでもらうさ。一年くらいチャンスを呉《く》れたっていいだろ」

タチウオって小暮さんのことね、と美代さんが絢子に囁《ささや》いた。たしかにちょっと顔が似ている。

「だいたいあいつ、口の利き方が生意気なんスよ。社長とはタメなのに、陰では『石丸クン』て呼んでるんスよ」

石丸は苦笑いした。

「まあ、いいじゃないか。かりにも親会社の人間なんだ。それくらい呼ばせてやろうよ」

「俺はああいう奴《やつ》、好きになれません」

「わかってるって。あのね、絢ちゃん。竜己《こいつ》は昔、川崎《かわさき》で暴走族の総長をやってたんだ。それが少年院で本に目覚めて、そのあと大検《だいけん》を取ったんだよな？」

「いいじゃないっすか。そんな話」

竜己がさもつまらなそうに言う。

「よくないよ。絢ちゃんとはこれから仲間になるんだ。でね、こいつ面接でなんて言ったと思う？『バイクなら誰にも負けません』だって。だからいま、関東近郊《きんこう》の書店さんをバイクで開拓《かいたく》してもらってるんだ。ナナハン営業の竜己さんって言ったら、業界ではちょっとした有名人なんだよ」

「凄い」

と絢子はつぶやいた。なんだかよくわからないけど、凄い。

「ハイ、俺の話はこれでおしまい！」

竜己が断固とした口調で言った。本物の元ヤンは昔の武勇伝を嫌うという。

週が明けて、絢子のインターン生活が始まった。

朝十時に出社すると、美代さんが一人でディスプレイと睨《にら》めっこしていた。

「おはようございます」

「おはよう。週末はお疲れさまでした。はい、絢ちゃんの名刺」

「わ。ありがとうございます」

〝イシマル書房　編集　満島絢子〟。自分の名前に「編集」の冠《かんむり》が載《の》っていることが、こそばゆくも嬉しい。

「このデスクを使ってね」

絢子はデスクトップパソコンの前に座り、電源を入れた。

「朝来たら、まずは注文の確認。ファックスやメールで書店さんから注文が届いているから、それを倉庫の人に転送。注文確認は一日じゅう対応してね。うちは直販だから、すぐに出荷しないといけないの」

「かしこまりました」

絢子がひと通り手順を説明してもらったところで、石丸が姿を現した。

「お、やってるね。今日は二時から著者さんとこの界隈《かいわい》で打ち合わせがあるから同行して。『里山の多様性《ダイバーシティ》』の梨木《なしき》さん」

「かしこまりました」

「それまでは、このゲラの校正をしてくれるかな」

石丸がゲラの束と『校正必携』を絢子のデスクに置いた。

絢子はフリクションの消せる赤ボールペンを手に、素読《すよ》みを始めた。校正ならお手のものだ。ものの四十分もしないうちに一読目を終えた。

――この著者、「ら」抜きと表記不統一が多いな……。

二度目は特にそこに注意して読み返した。書店さんから注文の電話が入る以外は、静かな時間が流れた。ときおり夫婦がキーボードを叩《たた》く音だけがオフィスに鳴り響く。

「できました」

「えっ？　早いね」

石丸がぱらぱらゲラを捲《めく》った。途中から目の色が変わり、最後まで読むと、

「絢ちゃんて、ものすごく優秀な校正マンになれると思う。いや、ほんとお見事」

絢子は家業で校正を手伝ってきたことも、速読できることも明かさなかった。というのも、新卒採用のときそれで失敗したと思っていたからだ。

出版社に勤める人たちは、自分の中に「読書の鬼《おに》」を棲《す》まわせている。だから多読をアピールしたことが、かえって失敗だったのだ。

「はいはい、こういう小娘毎年いるよね～。騙《だま》されて採るほど、こっちの目も節穴《ふしあな》じゃないよ」

そんなジャッジを下されたに違いない。本当はもっとほかのところでハネられたのかもしれないが……。

二時前に、石丸と古瀬戸《こせと》珈琲店へ向かった。会社から徒歩一分ほどだ。

「あ、梨木さん」

石丸が声を掛けると、すでに来ていた梨木がにこやかに立ち上がった。

「こちらは編集アシスタントの満島絢子です」

「満島と申します」

絢子は刷りたての名刺をさしだした。

「どうも、梨木です」

著者プロフィールによれば梨木は四十二歳。若者の地方移住や、里山保護を訴えるＮＰ

O団体の代表をしている。彼の支持者は、都会生活や会社員人生に疑問をもつ若者たちだ。SNSのフォロワーも多い。

——でも、本はあまり売れないんだな。なんでだろう……。

梨木の支持者たちにとって、『里山の多様性《ダイバーシティ》』は重すぎたのかもしれない。この人の考えはツイッターやフェイスブックで伝えた方が刺《さ》さるのだ、と絢子は思った。

梨木の二冊目の本の打ち合わせが始まった。想像どおり明るくて、力強くて、まじめさもユーモアもあって、自分の言葉で喋《しゃべ》る人だった。

「では、そういうことで」

小一時間ほどで打ち合わせは終わった。梨木を見送ったあと、石丸が言った。

「梨木さんも、若い世代が生き延びるための思想を実践《じっせん》しておられる。だからうちと合う著者さんなんだ。現状把握は悲観的に。いざ行動に移すときは楽観的に。これをできる人が生き延びます、って以前教えてくれたよ」

その二日後、竜己と初めてオフィスで顔を合わせた。不定期に行われる小暮との全体会議がある日だ。

小暮は十一時ちょうどにやって来た。机の上にカバンを置くなり、「では始めましょう。何か報告はありますか？」と挨拶《あいさつ》もなしに言った。

「先日の件ですが、プランを練ったので聞いて頂けますか」

石丸が「マイ・インターン作戦」の説明を始めた。話の途中から、小暮はあからさまに落胆《らくたん》の色を示した。

「その募集、わたしも見ました。本気で言ってます?」

「もちろん」

「それで会社の業績が変わると?」

「はい。結局は人ですから」

「で、応募はあったんですか」

「ゼロです」

小暮は頭を抱《かか》えた。文字通り、頭を抱えたのだ。

「控《ひか》えめに言っても、お話になりません。いいですか。私もできることなら、期限を半年から一年に延ばしてあげたい。でも、どうやって上に伝えればいいんですか? そのうちイシマル書房にロバート・デ・ニーロみたいな凄腕のシニア・エディターがやって来るから、売却《ばいきゃく》を猶予《ゆうよ》してあげてください。そう言えばいいんですか? 私にだって生活があるんですよ」

小暮は欧米人《おうべいじん》がよくやるように、両手をひろげ、小馬鹿《こばか》にしたような笑みを浮かべた。いちいち癪《しゃく》に障《さわ》るが、ここまでくると持って生まれた才能と言えなくもない。

「やってみなくちゃ、判《わか》らないでしょ」

竜己が言った。「パチンコ屋に俺らを売るんですよね。いくら親会社だからって、やっていいことと悪いことがあるんじゃないスか？」

「ビジネスですから」

小暮はいささかも怯《ひる》まなかった。この一言には誰も逆らえない。

「とにかくですね」

と石丸がとりなすように言った。「ロバートが現れるまで待ってくれませんか。心当たりはあるんです」

どうせ略すなら「デ・ニーロ」では？　ということはさて置き、心当たりがあるとは初耳だった。

「その人とプランを練ったうえで、いちど本社の方を交えてプレゼンさせてください。その方が小暮さんにとってよければ」

「ま、それを込みでもいいですから、きちんとした事業計画書を提出してください。われわれとしては、『もう出版だけじゃ食っていけない』という結論は出ているんです。御社に出資する前からね」

「はい」

「こんなことは言いたくありませんが、私もいろいろな人にヒアリングして、出版の世界には驚《おどろ》いています。流通制度は経年劣化《けいねんれっか》をおこしているし、マーケティングも弱い。なにより働いてる人の頭の中が古い。弊社《へいしゃ》は飲食業界にも進出していますが、出版業界よりずっと厳密にマーケットとゴールを見据《みす》えていますよ」

「お言葉ですが、本は胃袋《いぶくろ》を満たすためのものではありません。心を充《み》たすためのものです。比べるのは無理があります」

「二言目にはこれだ、出版の人は」

小暮が肩をすくめた。「心、精神、魂《たましい》。それらを充たすものが世の中に必要だってことは、私も認めます。でも、きちんと時代と向き合ってくれませんかね？　今はあらゆる商売が、これに集約されようとしてるんですよ」

小暮がスマホを掲《かか》げた。

「幻《まぼろし》の爺さんを追い求めるより、もっとほかにやるべきことがあるでしょうに！」

小暮がエキサイトしたぶん、ほかの面々は静まり返った。石丸は憮然《ぶぜん》と黙りこみ、美代さんはうつむいた。竜己は今にも摑《つか》みかからんばかりの形相だ。

小暮は一座が音無しなのを見て取り、

「それでは次がありますので」

と出ていった。いかにも「これ以上この場にいても得るものがない」という態度だった。

残された四人は気まずい雰囲気に包まれた。

「社長、心当たりあるって本当ですか？」と竜己が訊ねた。

「いまからつくる」

石丸はその場で何本か電話を入れた。

「あ、石丸です。じつはうちで高齢者インターンを募集しているのですが、おたくのOBでいい人いませんか？　詳《くわ》しくはサイトを見てもらえばわかるんですが――」

知り合いの編集者の伝手《つて》でデ・ニーロが見つかるのだろうか？　そんな凄い人なら他社も放《ほう》っておかないのでは？　絢子は石丸のスカウト活動を横目に、ちらりとそんなことを思った。

2

なんの変哲《へんてつ》もない朝だった。

岩田鉄夫《いわたてつお》はいつものように六時に目を覚ました。

窓を開けて新鮮《しんせん》な空気を取り入れ、トーストを一枚セットした。洗面所で顔を洗い、洗浄液につけておいた入れ歯をはめる。妻の仏壇《ぶつだん》にお供え物をして朝の挨拶《あいさつ》を済ませた頃には、トーストが焼き上がった。朝食は毎日これと生姜《しょうが》紅茶だ。

着替えを済ませて時計を見ると、六時二十七分だった。

「いけね！」

あわててウォーキングシューズを履《は》き、近くの公園へ駆けつけた。

「おはようございます。いい天気ですな」

何人かの顔見知りと挨拶を交わすが、彼ら彼女らの名前は知らないし、現役時代にどんな仕事をしていたのかも知らない。

ラジオ体操を終えると、散歩がてら駅の方へ足をのばした。不動産屋のガラスに、同じマンションの売り出し物件が貼《は》られている。

「ふーん、まだこれくらいで売れるのか」

思ったよりも値崩れしていない。持つべきものは駅近のマンションだ。売りに出そうか、とちらりと思う。

三鷹《みたか》の3LDKに住んで、もう二十七年になる。妻は六年前に亡くなった。商社に勤める一人息子はとっくに巣立ち、海外赴任中である。一部屋を書斎《しょさい》として使い、一部屋を寝室に使っているが、八十五平米はいささか持て余し気味だった。しかし立ち退きや引っ越しのことを思うと、面倒くささが先に立つ。

九時に図書館へ向かった。規則正しく通い続けて何年になるだろう。妻が亡くなり、多少自堕落《じだらく》になりかけたとき、生活の芯《しん》が欲しくて通い始めたから、四、五年になるだろうか。

まずは朝毎読《ちょうまいよみ》の三紙をざっと眺め、連載小説に目を通した。現役時代から続く習慣である。そのあと新着雑誌コーナーを眺めたが、めぼしいものはなかった。いまだに小説誌の発売日が、いちばん胸騒《さわ》ぐ。

岩田は大手の出版社に入社し、四十八歳のとき「事件」を起こすまで、文芸畑を歩み続けた。二十代、三十代の現役バリバリの頃は、よくぞノイローゼにならなかったものだ、というくらい小説を読んだ。

小説誌の編集部では、毎月の入稿や校了はもとより、新人賞の下読みや、会社の主催《しゅさい》する文学賞の候補作の下読みが毎月十冊ほど課された。

もちろん担当作家（ざっと二十名はいた）が他社から新刊本を出せば、読んで感想を伝えねばならない。雨の日も風の日も、電車の中でも便座の上でも、ひたすら小説を読んだ。

引退してからも何年か、新人賞の下読みを手伝った。大手出版社の新人賞の下読みは、勘《かん》どころのわかったOBが務めることが多い。

応募作の半分は、書き出しの数十行で脱落する。最後まで読んでもらえる作品は五つに一つもない。

下読みアルバイト三年目のときのことだ。かつて部下だった多治見《たじみ》が、

「どうです、岩さん。刮目《かつもく》すべきものはありましたか」

と珈琲を持って来てくれた。この男は編集者仲間や作家から「ほら吹きタジミ」と親しまれる、一種の名物編集者だった。錦糸町《きんしちょう》の外国人キャバクラでボラれたとか、旅先の温泉で死にかけたとか、罪のないホラを吹いては周囲を楽しませてくれる。

「ないね。最近はSNS小説と、大団円小説ばっかりだ」

「さすが岩さん。ほんと、嫌になるくらい多いです」

「まあ仕方ないけどね。むかしは実存小説ばっかり送られてきた時代があったし、その後はシラケ世代小説、君が若い頃は村上春樹《むらかみはるき》の亜流《ありゅう》ばっかりだったろ」

「たしかに」

多治見は苦笑いした。「それにしても岩さんは、引退したのによく読んでるなぁ。岩さんが落選作に添《そ》える一口コメントが鋭すぎるって、編集部の若い奴らが奪い合うように読んでますよ」

「よせやい」

と言ってみたものの、岩田自身も「現役の頃よりよく見えてる」と自分で感じることがあった。売り上げや、ノルマや、この作家に賞を獲《と》らしてやりたいという邪念《じゃねん》から解放されると、視野が展《ひら》けるのだ。

「この作家に家族ものを書かせれば生まれ変わる」

「このニッチに読者がいるのになぁ」

そんなことに気づくようになった。孔子《こうし》の言う「六十にして耳順《したが》う」とはこのことか、と思ったくらいだ。それに小説は流行りものだから、それを介して現役世代と話している限り、年の差は感じない。

岩田は妻を亡くして図書館通いを始めてから、なおのこと若者の小説を手にするように努めてきた。インターネット世界で流行りものがあれば、すぐにアカウントを取得して使いこなす。ミクシィ、フェイスブック、ツイッター、LINE……。同世代の通信相手が少ないことだけが、たまに不満だった。

下読みの仕事は、もうかなり昔に回ってこなくなった。

「今ならいい仕事ができるんだがなぁ」

と自分では思う。できることなら、出口の見えぬ出版不況で喘《あえ》ぐ後輩たちに力を貸してやりたい……。とはもちろん建前で、本音はやはり社会と接点を持ちたかった。ボランティアやサークル活動ではだめだ。きちんと成果を求められる場所でやりたい。一言でいえば、職場が欲しかったのである。このまま図書館通いを続けて朽《く》ち果てていくのは、哀しいというよりも寂《さび》しかった。

午後は、図書館から病院へ向かった。月に一度の定期健診である。

「異状はありません。血圧がちょっと高いかな」

この瞬間《しゅんかん》ばかりはホッと胸を撫《な》でおろす。

岩田は三年前に胃がんになり、胃の三分の二を切除した。麻酔《ますい》が切れたあとの痛みは想像を絶するもので、もし再発したら一切の治療《ちりょう》を拒み従容《しょうよう》と死につこうと決めている。体にメスを入れるのは、もう真っぴらだ。

それだけに月イチの「異状ありません」は一種の神託《しんたく》といえた。実感としては「嬉しい」よりも、「またひと月生き永らえた」という執行猶予《しっこうゆうよ》の感覚に近い。

病院を出ると、スマホが震えた。多治見からだった。

「岩さん、ご無沙汰《ぶさた》しております」

「久しぶりじゃないか。どうだい、調子は」

「いやぁ、厳しいです」

「だろうね。最近、作品が全般的に小振りになってるもの。もちろん事情はわかるけどさ」

ご神託のあとで、岩田の口も滑《なめ》らかだった。

「あいかわらず鋭いですね。まだ読んでるんですか、いろいろと」

「それしか暇《ひま》つぶしもないからね」

「うちも時代物と警察物に続く次なる鉱脈を見つけなきゃ——と、かれこれ五年も言い続けてるんですがね。なかなか……。ところで、イシマル書房というインデペンデントな出版社をご存じですか？」

「イシマル書房？」

何かの記事で見かけた気もするが、よく覚えていない。

「そこの石丸って人間が、私の部下と知り合いでして。『凄腕のＯＢを紹介してくれ』と言ってきたんですって。部下が『誰かいませんかね』って言うから、『いるぞ。凄い人がな』ってんで、お電話をさしあげた次第です」

「おい。年寄りを冷やかすと、後世《こうせい》まで禍根《かこん》を残すぞ」

「いやいや、岩さんしかいないでしょ。なんでもシニア・インターンてのを募集しているらしいんです。募集文句を読み上げますよ。『シニア・インターン募集！　あなたの編集経験をイシマル書房で活かしてくれませんか？　高齢者には叡智があります。経験があります。広い視野があります。イシマル書房では、そんな凄腕のシニア編集者を待望しております。私たちと一緒に本をつくってください！　まずはお電話を。三顧の礼を以てお迎え致します』ですって。どうです、興味ありませんか？」

「それだけじゃなんとも言えんな」

「これは噂《うわさ》ですけど、あそこの会社、ＩＴ成り金みたいな会社に出資して貰ってるんですって。まあ、資金繰りがよろしくないんでしょう。あまり筋のいい話じゃありませんでしたね。申し訳ありません。聞き流してください」

「いや、ちょっと待て。話だけなら聞いてみたっていいじゃないか」

「本当ですか⁉」

「ああ。どうせヒマを持て余した爺さんだ。若い奴から元気でも貰うさ」

「じゃ、岩さんの連絡先を教えても構いませんか」

「いいとも」

「わかりました。そしたら、そのうち連絡がいくかもしれません。それとは別に、こんど一杯やりましょうよ」

「いいね。久しぶりに『おか田』でも行くか」

「あそこ、潰れました」

「えっ？　いつ？」

「もう何年も前に」

「そうか、潰れてたか……。そういえばお前んとこの長男坊、そろそろ大学を卒業する頃じゃないか？」

「ええ。ちょうど就活中でして。出版社だけはやめとけよ、と言っておきました」

「ははは。栄枯《えいこ》盛衰《せいすい》は世の常だなぁ」

「本当に。いま岩さんがうちの業績をみたら、腰抜かしますよ。あの頃『今が底だ』って言ってたところから、さらに二段も三段もメルトダウンして——あ、すいません。気心が知れた人だと、つい愚痴《ぐち》っちまいます」
「なに、いいんだよ」
「それじゃ、また」
「ああ、またな」

電話を切って、寂しさに襲《おそ》われた。愚痴の聞き役でもぜんぜん構わなかった。むしろ買って出たいくらいだ。なんだかんだ言っても、仲間と業界界隈の話をしているとき、一種の心の安らぎを覚えるのが、仕事人間の性《さが》だろう。

もちろん多治見は、引退したOBと飲むほど暇ではあるまい。社交辞令を言ってくれるだけでも有《あ》り難《がた》いと思わなくてはいけない。

——多治見《あいつ》も引退すりゃ、この気持ちが判るようになるさ。

岩田はマンションへ戻り、即席ラーメンを茹《ゆ》でた。

タブレットPCを眺めながら食べる。

シニア・インターン募集！
あなたの編集経験をイシマル書房で活かしてくれませんか？
高齢者には叡智があります。経験があります。広い視野があります。
イシマル書房では、そんな凄腕のシニア編集者を待望しております。

私たちと一緒に本をつくってください！

まずはお電話を。三顧の礼を以てお迎え致します。

シニアや高齢者という言葉づかいは気に食わなかったが、叡智、待望、三顧の礼という言葉にはどことなく胸が騒いだ。

岩田は食器を片付け、きのう読み終わった池井《いけい》戸潤《どじゅん》の小説の感想を記すために「読書メーター」を開いた。

――おっ、またコメントくれたか。

思わず頬がゆるんだ。「あやたんぬ」からコメントが届いている。

「わたしも色川さんの文章は大好きです！」

「何者をまだ読んでないわたしって何者？　すぐに読みます！」

他愛もないコメントだが、電話もメールも滅多にこない岩田にとって、自分の感想にレスポンスがつくことは張り合いになっている。

どうやら「あやたんぬ」は若い女らしい。きっと清楚《せいそ》で知的な女なのだろう、と想像が膨《ふく》らむ。自分の年齢を偽《いつわ》って美しい女と文通を交わしているような後ろめたさも、悪くない。

そのとき、電話が鳴った。見知らぬ番号からだ。岩田は一つ咳払《せきばら》いしてから出た。

「わたくし、イシマル書房の石丸という者ですが、岩田さんでいらっしゃいますか」

「そうです」

「初めまして。いま、お時間を頂いてもよろしいでしょうか」

「いいですよ」

「このたび、知り合いから多治見さんという方をご紹介いただきまして――」

「聞きました。なんでも年寄りのインターンを募集なさってるとか」

「必ずしも高齢者ということではなく、優秀な編集者というのが第一希望です」

「だったら高齢者に絞《しぼ》って募集することもなかろうに」

「ええと、正直に申し上げまして、弊社は困っております。一言でいうと、逆転サヨナラホームランを打たなきゃいけない状況になっているのです」

「ふーん」

正直な奴だな、と思った。「つまり、あれか。カネはないけど、即戦力の人間を雇《やと》いたい。それなら編集経験のある年寄りだ。どうせ高望みはしまい、ってことだな」

「その通りです」

「あんた、遠慮《えんりょ》ないね」

「申し訳ありません！」

「もしもし」

「いや、褒《ほ》めたんだよ。お互い編集言語で喋ってるんだ。くだらない腹の探り合いをしても時間のムダだろ。まあ、一度話をしようや」

「ありがとうございます。岩田さんは三鷹にお住まいだとか」

「そんなことまで聞いたのか」

「すいません」

「いいよ、俺の方から出向くから」

「そんな訳には参りません。急ですが、今晩ご予定はありますか。よろしければ私がお伺い致します」

「急だな、おい」

「もちろん改めての方がよろしかったら、いつでも、どこへでも」

「いいよ、来なよ。駅の改札で待ってるから。何時になる？」

「五時頃はいかがでしょうか」

「わかった」

「イシマル書房の紙袋を持っている、グレーのスーツを着た、とりたてて特徴《とくちょう》のない人間が私です」

「そうかい。じゃ、頼んだよ」

岩田は洗面所へ向かい、今朝さぼったヒゲを剃《そ》った。ついで寝室のクローゼットを開けて、ジャケットを着て行こうかどうか迷ったが、張り切りすぎている気がしてやめた。それでも老人くさい地味なブラウンのセーターから、明るい臙脂《えんじ》色のセーターに着替えた。

ダイニングに戻り、サイトでイシマル書房の刊行物一覧《いちらん》を眺めた。

——なるほど……。

ロハスであり、スローライフであり、里山移住であり、清貧謳歌《おうか》である。要するに「降りた」人間たちへ向けた刊行物だ。これじゃ食っていくのは厳しいだろうな、と思う。

——でも、なんで俺なんだ?

イシマル書房は、いわゆる実用書やエッセイが主眼の出版社である。対して自分は文芸一本の編集者だ。

——まあ、話を聞きゃわかるか。

岩田はソファで軽く昼寝をしてから、待ち合わせの十五分前にマンションを出た。改札で待っていると、それらしき男が出てきた。岩田は近づいて声をかけた。

「石丸さんかい?」

「あっ、石丸です」

「遠路はるばるどうも。喫茶店でいいかな」

「はい」

ときどき珈琲を飲みにいく駅前の店に入った。

石丸がすこし緊張しているようなので、砕《くだ》けた調子で語りかけた。

「なかなか厳しいだろ。今日び、出版社を経営するのも」

「はい。こんなに厳しいとは思ってもみませんでした」

「俺は会社人間だったから、よくわからない部分もあるけど。で、なんだってんだい？」

石丸が説明を始めた。

親会社がパチンコメーカーに売却を企《くわだ》てていること。それを阻止《そし》するために、まずは半年の猶予《ゆうよ》を一年にしてもらいたいこと。その間に七千万円をつくって株を買い戻したいこと。それには千三百円の本を十五万部売る必要があること。

岩田は人ごとながら首筋が寒くなった。想像していた以上に厳しい。

「情けない話ですが、本社の人間はもう私に期待していないのです」

「だからって、老いぼれが出ていったところでどうにもなるまい」

過度な卑下《ひげ》と取られぬよう、つとめて第三者的に言った。

「十五万部売れるんじゃないか、っていう期待感が大切なんだと思います。説得力というか」

「けどなぁ……」

それは無理筋だよ。どうせ売れなきゃおんなじことなんだから。

そう告げるのは、酷《こく》な気がした。本が売れなくなった時代に、こうして「本で生きていきたい」という若者が、腹を割って相談に来てくれたのだ。はっきり言って、時代が悪かったと言うしかない。

「俺らの世代はね、最後の逃げ切り世代って言われたもんだよ」

岩田の話題転換を、石丸は「はい」と微笑んでうけいれた。

「出版データによれば、雑誌と書籍をあわせた売上最高額は九六年だ。つまりバブルが弾《はじ》けたあとも、出版の世界はしばらく良かった。昔から出版は不況に強いって言われるのは本当だよ。だけどそれが通用しない時代に入った。一言でいえば、インターネットに負け続けてるんだ。九六年てのは、象徴的だと思わない？」

「思います。九五年と九八年のウィンドウズの発売が爆発的でしたもんね」

「それでも今から思えば、致命的じゃなかった。ところが今やスマホの時代だ。これは持ち歩けるだけに始末が悪い。だからそのＣＴ社とやらの人間が言うことも、一理あるね。たしかにこれからの編集者は、スマホでコンテンツをつくるほうに編集力を活かすべきなのかもしれない」

石丸が情けない顔になった。岩田は珈琲に口をつけてから、

「――てのは正論だな。でも正論てのは、いつの世も糞食《くそく》らえだ。あんた、会社売っ払うことねえぞ。昔から、出版社一つは大学一つに匹敵《ひってき》するって言われてるんだ。そんな教養もない、ろくすっぽ本も読んでこなかった連中の言いなりになることねえって。会社、取

り戻しなよ」

「じゃ、うちに来てくれるんですね？」石丸の目が輝《かがや》いた。

「それは無理だ」

「えっ」輝きはすぐに失《う》せた。

「誘ってくれるのは嬉しいけど、上製本《ハードカバー》を十五万部売る企画なんて、俺にもないよ。俺は文芸一本だったし」

「文芸じゃだめですかね？」

「なに？」

「岩田さんの経験と人脈を活かして、うちで誰かに小説を書いてもらうことはできませんか。知り合いが多治見さんに聞いてくれたんです。岩田さんは三島由紀夫の原稿を取ったことがあるし、阿佐田哲也《あさだてつや》と卓を囲んだこともあるし、酒場で中上健次《なかがみけんじ》に絡《から》まれたことも、野坂昭如《のさかあきゆき》と口づけしたこともあるって」

「あの野郎――」

ほら吹きタジミの顔が浮かんだ。

たしかに三島の原稿を取りに行ったことがあるのは事実だが、大森の三島邸の玄関で「君だれ？　あ、新人さんね。それじゃ頼んだよ」と原稿を託されたに過ぎない。阿佐田哲也と麻雀《マージャン》を打ったのは上司だし、中上と野坂のくだりは同期の話だ。

いちいち否定するのも面倒《めんどう》なので、「誰かに小説をねぇ」と岩田はつぶやいた。

「正直いって、うちは岩田さんの勤めておられた会社から見れば、零細《れいさい》企業もいいところです。もし来て頂けることになっても、岩田さんのキャリアにふさわしい待遇《たいぐう》はできません。われわれの出版活動も、岩田さんから見れば笑ってしまうくらいお粗末《そまつ》なものでしょう。数字を見て頂ければわかりますが、お恥ずかしい限りです」

「俺さ」

岩田は珈琲カップに目を落とした。「自分のスタイルを確立しようとしている人間を笑ったことは、一度もないよ。だってそれが仕事だったんだもん」

石丸が「?」という表情になった。

「作家のことさ。みんな、無名の下積み時代を経てデビューする。だけど売れっ子になれるのはほんの一握りだ。みんなそこを乗り越えたいと、必死に書いている。俺は編集者として、彼らを世に送り出したいと願ってサポートしてきた。だが当然のことながら、乗り越えられる奴と、乗り越えられない奴がいた。いまこの歳《とし》になって思い出すのは、一緒に頑張《がんば》ったのに消えて行った人間のことだ。奴はいま、どうしてるだろう。俺がもっと違ったアドバイスができていたら、陽《ひ》の目を見たんじゃないか。老いた文芸編集者の心の中には、そういう作家が何人かいるものだよ」

言いながら岩田は、二十四年前の事件のことを思い出して、胸に疼《うず》きを感じた。

「だからあんたも——石丸さんも、今が踏ん張りどころなんだよ。会社起こして三年だろ。作家でいえばまだ習作段階だ。うまくいくわけないいじゃないか。これからだよ、これから」

「こんなふうに励《はげ》まされたの、初めてです」

石丸の瞳《ひとみ》が水気を帯びたように見えた。

おい、頼むから泣くなよ、と岩田は念じた。

「この週末で、もう一度だけ考えてみて頂けませんか。常駐《じようちゆう》してくれとか、十五万部売る企画をくれだとか、虫のいいことはもう言いません。だけど会社を取り戻すためのお知恵《ちえ》を貸して頂きたいのです」

石丸が深く頭を下げた。

「よせよ、おい」

「お願いします」

「じゃあ何かいい企画がないか、考えてみるよ。でもあまり期待しないでくれよな。こっちはロートルもいいところなんだから」

「生き延びる」

「ん？」

「これがうちの今年の標語なんです。ひょっとしたら来年も再来年も、その次もその次も。

なんとしてでも生き延びたいんです。かりにその先に崖《がけ》っぷちが待っているとしても、生き延びることを諦《あきら》めたら、僕はきっと自分に失望します」

この青年は真摯《しんし》に生きている、という思いが岩田の胸にさざ波を立てた。もうだめだ、という所から一踏ん張りも二踏ん張りもして世に出て行った、かつての作家たちの顔が思い浮かんだ。

「生き延びる、か」

まるで俺を見透《みす》かしたような言葉じゃないか、とも思う。

だが、医師の「異状なし」に胸を撫でおろす老人の心性とはまるで方角が異なる。この青年は違う。行きつく先は崖っぷちかもしれない「右肩下がりの坂道」を、重力に逆らいながら登っているのだ。苦しいときもあるだろう。不本意な場面に遭遇《そうぐう》することも多いだろう。自分のやっていることが、徒労に思えて仕方ない晩だってあるはずだ。

岩田は心揺《こころゆ》さぶられた。

忘れかけていた編集者魂に火がついたのだ。恥をしのび、困難に挫《くじ》けず、生き延びるために形振《なりふ》りかまわない努力を払う者に対しては、無条件に力を貸してやりたくなる。

「あのさ――」

石丸が伝票を持って立ち上がった。

「はい？」

「いや、なんでもない。じゃ、なにか企画を思いついたら連絡するよ」

「お時間を頂きありがとうございました。またこちらからもご連絡致します」

岩田は店に残り、冷めた珈琲を見つめた。

職場を得るチャンスを喪《うしな》った寂しさと、よくぞ踏み止《とど》まったと自分を褒《ほ》めてやりたい気持ちが相半ばした。

先方の要求を満たせる見込みもないのに現役世代に混じりたがるのは、老人の図々《ずうずう》しさというものだ。仕事で苦しむことが若者の使命なら、老人の責務は孤独《こどく》に耐えることだろう。岩田は先ほどまで石丸が座っていた席を見つめ、「好漢惜《こうかんお》しむべしだな」とつぶやいた。


岩田の図書館通いにテーマができた。

――いったい今の日本で、ハードカバーが十五万売れる作家って何人いるんだ？

文芸棚の前をざっと眺めて歩いた。驚くべきことに、岩田の見立てでは片手に余るほどしかいなかった。

――時代が、変わったんだな。

そう思わざるを得ない。岩田の若い頃は、初版十五万部の作家はザラにいた。いつのまにか人々は、ご贔屓《ひいき》の作家の新作を心待ちにするという生活習慣を失ったのだ。

現在の売れっ子にしたところで、スケジュールは大手出版社が十年先までおさえているだろう。イシマル書房で書いてくれる可能性はほぼゼロに近い。

——無理筋なんだよ、石丸くん。

そのときスマホがブルッと震えた。

多治見からだった。

「岩さん、先日はどうもです。あっちから連絡いきました？」

「ああ、来たけど丁重にお断りした。老人の出る幕じゃないよ」

「そうでしたか。ところで一杯やる件、今週末なんかどうですか」

「今週？」

意外だった。まさか本当に誘ってくるとは。

「あ、なんか入ってます？」

「いや、なにもない」

「じゃあ銀座に六時はどうです。ちょっと旨《うま》い魚を食わせる店があるんです」

「いいね。楽しみにしてるよ」

多治見に指定されたのは、新橋に近い銀座八丁目の店だった。

五分前に訪ねると、

「いらっしゃいませ。多治見様はもうお見えになってます」

と席へ案内された。しつらえも接客も、一部上場の重役クラス御用達《ごようたし》といったところだろう。

「あ、岩さん。お久しぶりです。ご足労いただいちゃって」

「なあに、呼ばれたらどこへでも行くよ」

「まずはビールでいいですか」

「うん、そうしよう」

瓶《びん》ビールで乾杯した。旨い。銀座で飲めば、ビールも咽喉《のど》ごしが違う。

「それにしてもお前さん、また吹いてくれたらしいな。俺が三島の原稿取っただの、野坂とチューしただの」

「わははは。どうせならホラは気宇壮大《きうそうだい》なほうがいいでしょ」

「変わんねえな、お前も。幾つになった？」

「五十六です。あっという間でしたね」

「そっか。多治見も五十六になったか。でも今から思えば、五十六なんてまだまだ若い。なんでもやれるぞ」

「なんでもやれる、か……。じつはね岩さん。俺、肝臓《かんぞう》がんなんです」

「なんだって⁉」

岩田は息を引いた。多治見が自分を誘った理由がわかった気がした。

「ステージ3。この前の健康診断で見つかって、やんなっちゃいましたよ」

「そうか……。で、体の方はどうなんだ」

「まだこれといって症状はありません。今後は治療に専念します」

「会社の方は？」

「休職扱いにしてくれるって言うんですが、辞めることにしました。こんなご時世だし、会社にしがみつくのもなんだか悪い気がしちゃって。幸い、うちは共働きでやってきましたし」

　力なく笑ったのを見て、岩田は多治見の性格を思い出した。ほら吹きタジミと言われながらも、根は善人で、他人に迷惑《めいわく》をかけることを極端《きょくたん》に嫌う男だった。

「月並《つきな》みですが、引退したら岩さんみたいに好きな本を読んで、女房と奥の細道をたどる旅にでも出よう、なんて考えていたんですが。先日、おかげさまで息子の就職が決まりました。それだけが安心材料です」

「それはよかったな。おめでとう。じつは俺も三年前に胃をやってな。三分の二を摘《と》ったんだ」

「えっ、がん？　岩さんも？」

「お陰さんで経過は良好だけど。ま、そういう訳でがん同盟を結ぼうか」

　二人はこちんとコップを合わせた。

「まさか岩さんもやっていたとはね」

「しかし手術のあとは、痛《いて》えの痛くねぇのって。俺は腹を掻《か》っ捌《さば》いたむかしのお侍《さむらい》を尊敬したね。でも気休めを言うわけじゃないけど、医療は日進月歩だ。お互《たが》い、粘《ねば》っていこうな」

多治見がにやりとした。

「なんだよ」

「いや、昔と変わんないなと思いまして。ほら、杉並《すぎなみ》の大家が原稿を落としかけたことがあったでしょ。あのとき岩さん、今とそっくりの言葉をはいたんですよ。『まだ落ちたと決まった訳じゃねぇ。粘る気持ちだけは捨てるなよ』って」

「そんなこと言ったたっけ？」

「言いましたよ。あれは印刷が止まる日曜のことでした。おかげでこっちはデートをすっぽかしたんですから」

「そいつは失礼したな」

それから二人の会話は、共通の知人の消息に流れた。思いがけない人が亡くなっていたり、田舎に移住したりしていた。

多治見は肝臓を慮《おもんぱか》ってか、ほとんど酒を口にしない。自然と岩田も舐《な》める程度になった。店に悪いと思いつつも、二人は瓶ビール一本で二時間粘った。

店を出ると、多治見がいつになく弱々しい笑みを見せた。

「なんだか湿《しめ》っぽい話になっちゃって、すいませんでした」

「なあに、いいんだよ」

「このまえ電話で岩さんの声を聞いたら、むしょうに会いたくなっちゃって」

「嬉しいこと言ってくれるね。またいつでも呼び出してくれよな」

「ありがとうございます。それじゃここで」

「ああ、ここで」

多治見の背中を見送った。あるいはこれが、最後の逢瀬《おうせ》になるかもしれない。岩田はこの歳になって、人の一生は若いころ思っていたよりもずっと短い、とつくづく思うようになった。

——なんだってあんないい奴が、病気になっちまうんだろう。

くさくさした気分を払おうと、久しぶりの銀座を流してみることにした。

まずむかし行きつけだった六丁目の小料理屋を訪ねてみたが、ほかの看板が掛かっていた。次に訪れた三越《みつこし》の裏の呑み屋は、跡形《あとかた》もなかった。店がどこにあったのかすら、よくわからない始末だ。

「やれやれ、浦島《うらしま》太郎《たろう》さんか」

ひとりごちて、最後に路地裏の文壇《ぶんだん》バーを訪ねてみた。

あった。昔と変わらぬ看板が出ている。

――ふうん、やってるのか。

現役時代、銀座で飲むときは必ず何軒目かに立ち寄った。行けば、誰かしら顔見知りの編集者や作家がクダを巻いていたものだ。

だが今は入るのが躊躇《ためら》われた。二十年近く来ていない。

――でも、まだ宵《よい》の口だしな。

客は少ないはずだし、これがこの店を訪れる最後のチャンスになるかもしれない。

岩田はドアを開けた。

客は一人もいなかった。カウンターの中から、ママが訝《いぶか》し気な視線を送ってきた。

「あれ……ひょっとして、岩さん？」

「お久しぶり。覚えててくれたんだ」

「当たり前じゃない！　あら嬉しい。何してたのよ。本当に久しぶりなんだから！」

岩田はカウンターに腰をおろした。一枚板の手触りが懐《なつ》かしい。

「お変わりなくだね」

「なに言ってるの。もうお婆《ばあ》さんになっちゃったわよ。何にする？」

「バーボン」

「うふふ。変わってないわね」

「よく覚えてるな」

「それが商売ですもの」

「ママも飲みなよ」

「それじゃお言葉に甘えて」

「それにしても……」

岩田は客入りの良くない店独特の寂しさを感じ取った。壁や天井が息をしていない。

「俺が一番客かい？」

「ほんと、不景気でやンなっちゃう。あの頃みたいにはいかないわ」

ママはアイスピックで氷を割りながら、ため息をついた。

〝あの頃〟とは、人にも街にも熱量が豊富だった時代をさす。

この店の客にとって、いちばんのご馳走《ちそう》は客だった。十人も入れば一杯になる店内に、ひっきりなしに業界の酔漢《すいかん》が訪れた。だがそこは知った仲だ。ぎゅうぎゅうに詰めて肩を寄せ合いながら、言葉をなりわいにするもの同士、丁々発止《ちょうちょうはっし》のやりとりを愉《たの》しんだ。ときに乱暴狼藉《らんぼうろうぜき》におよぶ者もあったが、それが翌日の編集部へのいい土産《みやげ》話になった。

「出版社も、経費削減の嵐《あらし》ってやつかい」

「まあ、そんなとこ。それじゃ乾杯」

気がつけば、バーボンを三杯おかわりしていた。飲むほどに口は滑らかになり、イシマル書房からオファーがあったことも話題にあげた。

「手伝ってあげればいいじゃない。年金、貰ってるんでしょ」

「そういう問題じゃなくてさ。役に立たないのにしゃしゃり出て行くなんて、みっともないじゃないか。孤独に耐えるのが老人の義務だよ」

「それは違うと思うな。うるさがられるかもしれないけど、若い人たちに経験やノウハウを伝授するのが、老いた者のつとめじゃない？」

「ふむ……そうかい、それが老人のつとめかい。あいかわらず鋭いこと言うね」

「岩さん、ほんとは手伝ってあげたいんでしょ」

「何を言うか。手伝うも何も、まずプランありきだよ。『プランなき者は去れ』というのが、編集者十則の第一条じゃないか」

「じゃあ、いい企画を思いついてあげなさいよ」

「簡単に言うけどね、それができないからみんな苦労してるんじゃないか。話は換わるけど、俺の部下だった多治見、知ってるよね」

「もちろん」

「来てる？」

「このところお見かけしないわね」

「さっき会ってたんだけど、あいつ、がんなんだって。肝臓」

「うそっ！」

「ステージ3で、会社も辞めることにしたらしいんだ」

「まだお若いのに、お気の毒に……」

俺も三年前にやったんだ、とは言わなかった。二十年ぶりの客にそんなことを言われたら、ママも気分がくさくさするだろう。

「そういえば、あの人なら来たわよ。ほら、島津《しまづ》さん」

「えっ、どの島津？」

「ほら、岩さんとちょっとあった作家の島津さんよ。ごめんなさいね、こんな言い方して」

岩田は酔いが吹っ飛んだ。横《よこ》っ面《つら》を張られた気分だ。

「あいつ、いま何やってんの」

「名前を変えて書いてるって仰《おっしゃ》ってたわ。そこの編集の方といらしたのよ。もう何十年ぶり、って感じで驚いちゃった」

「どんな感じだった？」

「どんなって、それは年相応に老けていらしたけど……。ご苦労なさったんだろうな、って感じたかな」

「ふむ、苦労したか。そりゃそうだろうな。俺のせいだよ。俺があいつを潰したようなも

「なに言ってんの。あれは岩さんのせいじゃないって、みんな言ってたじゃない」

「いや、俺のせいだよ。後処理も含《ふく》めて、全部俺のせいなんだ。そうか。苦労してたか。才能あったのにな……」

「島津さんに書いてもらえば？」

「なにを？」

「だから、さっきのイシマル書房の話。『売れっ子は書いてくれないから無理だ』って言ってたでしょ。でも今の島津さんなら、失礼だけど、売れっ子とは程遠《ほどとお》いじゃない？　岩さんがいまだに悪いと思ってるなら、また二人で組みなさいよ。わたしたちだって、もういつポックリ逝《い》ったっておかしくないんだから。あの世に行く前に借りは返しておくべきだし、やりたいことはやっておくべきよ」

「ママ――」

「なによ」

「帰る」

「えっ、ごめんなさい。気を悪くした？」

「逆だよ。ママの言う通りだ。電話しなくちゃいけないところができた」

「あら、よかった」

「お勘定《かんじょう》して」

「それでは二千円いただきます」

「安すぎる」

「敬老《けいろう》割引よ」

「バカにしやがって」

「いいのいいの。来てくれただけで嬉しかったから。そのかわり、インターンとやらでがっぽり稼《かせ》いだら、またちょくちょく来て頂戴《ちょうだい》」

「任せとけ。それじゃお言葉に甘えて」

岩田は財布から札を抜き取るのももどかしく、店を出ると、路地裏に立ったまま電話を掛けた。

「はい、石丸です」

「石丸さん？　岩田ですけど、覚えてる？」

「もちろん。このあいだはありがとうございました。そろそろご連絡を差し上げようと思っていたところです」

「俺、世話んなっていいかな」

「えっ、本当ですか？」

「企画が一つある。でも、いいかい？　正直いって、針《はり》の穴を通すような話だ。だけど今の俺とあんたには、これしかないかもしれない。いちど話そう」

「ぜひぜひ。あした三鷹へお伺いします。あの喫茶店に二時でいかがでしょう」

「わかった。ただし一つ条件があるぞ」

「はい」

電話の向こうで、石丸が唾《つば》を呑み込むのがわかった。

「給料はいらない。それが条件だ」

「いや、そういう訳には――」

「いいんだ。これは半分、俺の戦いでもあるんだから。あした詳しく話す。じゃあな」

電話を切り、空を見上げた。ビルとビルの合い間に三日月が掛《か》かっている。

――生き延びよう、あの青年といましばらく。

引退してからだらだら続く坂道を下ってきたが、いま坂道を登ってくる青年と袖《そで》が触れ合った。Uターンして一緒に坂の上をめざすのだ。背中を押してやるくらいはできるだろう。

「ありがとな、ママ」

岩田は店のドアに向かってつぶやき、路地を立ち去った。

3

石丸《いしまる》が嬉《うれ》しさを隠《かく》しきれない様子で話し掛《か》けてきた。

「絢《あや》ちゃん、見つかったよ。マイ・インターンが」

「えっ、本当ですか？」

「岩田鉄夫《いわたてつお》、七十二歳。駆《か》け出《だ》しのころ、三島由紀夫《みしまゆきお》に原稿を貰《もら》ったことがあるらしい」

「うそっ⁉」

「阿佐田哲也《あさだてつや》から役満《やくまん》を上がったこともあるんだって」

「すごい！」

「中上健次《なかがみけんじ》に酒場で殴《なぐ》られたとも、酔《よ》っぱらって野坂昭如《のさかあきゆき》とディープキスしたとも言われている」

「羨《うらや》ましすぎて吐《は》きそうです」

石丸が絢子《あやこ》の顔をまじまじと見つめた。

「どうかしました？」

「いや、君を採《と》ってよかったなと思ってさ。午後イチでいらっしゃるから、よろしくね」

絢子はそわそわした気持ちになり、ボンディで昼食のビーフカレーを食べながらもスプーンが止まりがちになった。どんな人が来るのだろう。メガネを掛《か》けた学者ふう？　それとも垢《あか》ぬけたインテリふう？

あまりに想像をたくましくしたので、石丸から「こちらがCEEを務めてくださることになった岩田さんです」と紹介《しょうかい》されたときは、すこし意外な気がした。職人あがりみたいな渋《しぶ》い人だ。

「こちらは満島《みつしま》さん。岩田さんの編集アシスタントについてもらいます」

「満島絢子です。なんなりとお申しつけください」

絢子がお辞儀《じぎ》をすると、

「あやたんぬか」

「えっ⁉」絢子は一瞬《いっしゅん》、心臓が止まりそうになった。

「いや、失礼。賢《かしこ》そうなお嬢《じょう》さんだ。こちらこそよろしく。ところで、小説の定義ってなんだと思う？」

「小説の、定義ですか……」

言いたいことが溢《あふ》れかえり、三日経《た》っても答えられそうになかった。

「俺《おれ》はとてもシンプルに考えている。根も葉もある嘘《うそ》をつき、作品に生命を吹き込んで、読者の心を揺《ゆ》さぶるもの。これが俺の考える小説の定義だ。いってみれば小説も映画も音楽も、生活必需品《ひつじゅひん》じゃない。でも文化はそこからしか生まれない。いっしょに頑張《がんば》ろう」

「はい!」

先ほど受けた「渋い老人」という印象は吹っ飛んだ。当たり前だが、この人はあきらかに年季が入っている。

「十五分後にミーティングを始めよう」

と石丸が言った。「それまでに岩田さんのPCを設定してあげて」

「かしこまりました。まず社のメールアドレスを設定しますね」

「でも俺、毎日来るわけじゃないから、いま使ってるヤフーのアドレスで充分《じゅうぶん》なんだけど」

「あ、たいへん。それじゃ名刺《めいし》もそれで刷《す》らなきゃ」

「そうしてくれると助かる。ごめんね」

岩田はワードを開き、試《ため》し打ちを始めた。人差し指だけで「イシマル書房の岩田です」と打つのにけっこうな時間が掛かったのを見て、絢子はかすかな愛《いと》おしさをおぼえた。すべての赤《あか》ん坊《ぼう》が個性を超《こ》えて可愛《かわい》いように、おじいちゃん子だった絢子にとって、すべてのおじいちゃんはおじいちゃんであるという理由だけで親しみやすい。

「遅くなりました!」

竜己《たつみ》が肩で息をしながら入って来た。

「あ、岩田さんですか。ジブン、営業の宇田川《うだがわ》竜己と申します。よろしくお願いします」

「岩田です。こちらこそよろしく」

「よし、ミーティングを始めよう」

四人はデスクを取り囲んだ。美代《みよ》さんは外出中だった。

「まずは岩田さんにお礼を言おう。うちみたいな小さな会社に来てくださって、本当にありがとうございます」

「ありがとうございます」

「おいおい、よしてくれよ」と岩田は照れ笑いを浮かべた。

「岩田さんにはわが社の置かれた状況《じょうきょう》をすべて伝えてある。そこで岩田さんはプランを練ってきてくださった。それでは、よろしくお願いします」

こほん、と一つ咳払《せきばら》いをしてから岩田は口火を切った。

「必ず十五万部売れる本をつくるなんて、不可能です」

あまりの潔《いさぎよ》さに、絢子はぽかんとなった。

「でも、三万部を五冊。これなら可能性が無くもない。もちろん単発ものじゃだめだ。シリーズものでいこう。三万人のファンがつけば、五冊十五万部をクリアできるから」

雲間から突如《とつじょ》太陽が覗《のぞ》いたように、明快なロジックだ。

「俺は小説屋だったんで、小説のことしかわからん。だから企画も小説でいきます」

　石丸が大きく頷《うなず》いた。二人のあいだではコンセンサスができているらしい。

「では、何でいくか？　歴史物でいこうと思う。ゼロから物語を立ち上げるには時間が足りないし、純粋《じゅんすい》フィクションは大外れも多い。ところが歴史物はある程度資料に準拠《じゅんきょ》して書けるし、当たれば固定ファンがつきやすい。一年以内に五冊で十五万部をクリアするには、これがベストだと思う。三万人の眠れる読者《スリーピング・リーダー》は必ずいる。これを掘《ほ》り起こすんだ」

　すっと船が離岸《りがん》した。と思った途端《とたん》、停止した。

「ところが肝心《かんじん》の素材《そざい》を決めかねている。選択肢《せんたくし》は二つ。王道でいくか、ニッチでいくか。王道でいくなら戦国か幕末ものだ。でもここは読者も多いがライバルも多い。ニッチで行くなら古代、鎌倉《かまくら》、平安、室町《むろまち》時代といくらでもある。しかし素材としては弱い。さて、どうするかな」

　沈黙《ちんもく》が降りてきて、四人の真ん中に居座《いすわ》った。絢子の脳内で織田信長《おだのぶなが》、西郷隆盛《さいごうたかもり》、源《みなもとの》義経《よしつね》といった英雄《えいゆう》の名前が浮《う》かんでは消えた。

「あの」

　竜己が口を開いた。「ジブン頭が悪いんでよく判《わか》らないんですが、岩田さんの中では目星がついているんですか？　王道ならこの人にこういうものを書いてもらおう、ニッチならこの人、みたいな」

「いい質問だね」

岩田に褒《ほ》められて、竜己はちょっと嬉しそうな顔をした。

「正直いって、名のある作家がイシマル書房で書いてくれる可能性はゼロだ。中堅《ちゅうけん》、駆け出しクラスでも『一年に五冊書いてくれ』なんて注文は受けちゃくれない。ただし、一人だけ心当たりがいる。みなさん、島津正臣《しまづまさおみ》という作家をご存じかな？」

無言。

「では、尾藤陸《びとうりく》という作家は？」

音無し。

どちらも知らない、ということが絢子には不可思議だった。未知の作家名を二つ続けて出されたのは初めてだ。

「この二人は同一人物です。本名は高村正夫《たかむらまさお》。かつて島津正臣という名前で俺の所属していた雑誌からデビューした。そしてハードボイルド作家として売れっ子の地位を築《きず》いたあと、ちょっとした事件があって……」

と岩田は言い淀《よど》んだ。「いまは尾藤陸というペンネームで官能小説を書いている」

「官能っスか？」竜己が驚《おどろ》きの声をあげた。

「官能だ」岩田は簡潔に答える。

「でも岩田さんは」

と石丸が話をひきとった。「島津正臣なら当たる歴史物が書けると踏《ふ》んでおられるんだ。俺も岩田さんに言われて、彼のハードボイルドを一冊読んでみた。驚いたよ。熱いし、上《う》手《ま》いし、面白い。こんな作品が埋《う》もれてるなんて勿体《もったい》ないと思った」

「で、その島津さんは書いてくれるんスかね」

「もし島津が受けてくれなければ——」

岩田が言った。「この話はおじゃん。俺もみなさんにお別れを告げなくちゃいけない。奴《やつ》はいま、月に一本の官能小説を上梓《じょうし》してる」

「月イチ⁉」竜己がまたもや驚いた。

「島津は昔から筆が早かった。いわゆる憑依型《ひょうい》の書き手で、いちど創作の女神《めがみ》が舞《ま》い降《お》りると一晩で四十枚も五十枚も書いてきた。そのかわり降りてこないと、昼間っから暗い顔をして塞《ふさ》ぎ込む。今はまあ、スタイルを変えたらしい。コンスタントに書かなきゃ生活できないのかもしれない」

「で、島津さんに何を書いてもらうんです？」

竜己がせっかちに先を促《うなが》した。営業担当としては、本の発売日が見えてからが勝負だ。

「本名の高村というのは、彼のお母さんの姓《せい》でね」

絢子の脳裏にクエッションマークが浮かんだ。それがどうしたと言うのだろう？

「薩摩《さつま》の由緒《ゆいしょ》ある苗字《みょうじ》なんだ。だから奴は新人賞に応募するとき、『どうせならお殿様《とのさま》の名前を頂いちゃえ』と、島津というペンネームを選んだ」

「わかった！」

竜己が叫んだ。「戦国時代の島津家を書いてもらおう、ということですね」

岩田が深くうなずいた。

「それが一つ。ご存じのとおり、島津家は戦国最強の戦闘《せんとう》集団だ。朝鮮《ちょうせん》出兵、関ケ原《せきがはら》での退却戦《たいきゃくせん》と見せ場も多い」

「ばりばりの王道ですね」

竜己が愉快《ゆかい》そうに言った。強い男たちが好きなのだ。

「それだけにたくさん書かれてきた。新たに付け足す視点はないかもしれない。しかもその二つのエポックを除くと、地方大名に過ぎないとも言える。大友宗麟《おおともそうりん》と九州の覇権《はけん》を争った耳川《みみかわ》の合戦と聞いて、イメージが湧《わ》く？　読みたいと思う？」

三人はすこし首を傾《かし》げた。たしかに「絶対読みたい」とは言いかねる。

「だけど、むかし島津が漏《も》らしたことがあるんだ。『いつか自分のルーツである薩摩を書いてみたい』とね。優れた作家は自分にふさわしい素材を見つけたとき、ペンに神が宿《やど》る。だから奴が『まだ書きたかったんだ』と言ったら乗るべきだ」

「十五万部、売れますかね？」

竜己が詰め寄った。会社の命運を賭《か》けた企画だから、自然と口調が鋭《するど》くなる。

「どんな企画も『絶対売れる』という確証はない。だからこそ『これで売れなきゃ一緒に首を括《くく》るんだ』と惚《ほ》れこんだ企画で勝負すべきだろう。それが薩摩の話なのかと言われると……」

「いまいち?」

「確証はない」

「うーん」

「そこでみんなに企画を考えてほしいんだ」

と石丸が言った。「来週の金曜にCT社で、トップを交えたプレゼンがある。それまでに薩摩の話と、ほかにこちらで用意した企画を島津さんにぶつけてみたい。企画会議は三日後。頼んだぞ」

「一つだけ付け加えておくと」

岩田が言った。「企画は頭で探さず、腹の底や足の裏で探してほしい。時代の一歩先じゃ早過ぎるので、半歩くらい先を見据《みす》えること。これが肝心です」

翌日、岩田はオフィスに顔を出さなかった。

絢子は読書メーターで、七千冊以上に及ぶ既読《きどく》リストを読み返した。自分でも驚くほど歴史小説は少なかった。

その翌日、絢子が昼食のあと三省堂の歴史コーナーを眺《なが》めていると、

「やっ」

と後ろから声が掛かった。岩田だった。

「どう？　いい企画見つかった？」

「すいません、まだです。わたし、自分がこんなに歴史に弱いって初めて気づきました」

「なーに、みんなそうだよ。いっしょに眺めようか」

まず現代史の棚《たな》から見始めた。

「第二次世界大戦、二・二六事件、日露《にちろ》戦争……」

そろりと棚の前を移動する。本は時代順に並べられているので、まるで二人して歴史を遡《さかのぼ》っているみたいだ。

「幕末」

岩田がぴたりと立ち止まった。「きのう思い出したんだけど、島津のお袋《ふくろ》さんね」

「高村さん」

「そう。明治維新のとき、彼女のご先祖さまが武勲《ぶくん》を立てたらしいんだよ。だから島津が薩摩を書くといっても、幕末かもしれない。うっかりしてた」

「なるほど、直接のルーツですもんね。ところで岩田さんは、ほかに提案する企画を決められたのですか」

「これはどうかな、と思ってる」

岩田が棚から『花の忠臣蔵《ちゆうしんぐら》』という本を抜きとった。

「講談や芝居でさんざん演じられてきたけど、まだやりようがあると思うんだ。なにせ四十七士いるんだし、敵方の吉良《きら》や、将軍家の内幕も書ける。赤穂浪士《あこうろうし》の妻や縁者たちの視点だってある。なにより仇討《あだう》ちは日本文化の精華《せいか》だ。五冊、読ませ切ることができると思わない？」

「思います」

絢子は即答した。岩田に言われると、今にもイケそうな気がする。

「島津の筆ならいけると思うんだよね。次行こう。戦国はひとまず置いといて、室町、南北朝、源平《げんぺい》。ここらへんはどう？」

「全然詳《くわ》しくありません」

「俺も。でも、知らないからこそ物語で読んでみたいとは思わない？」

「うーん」

あまり思わないかも、と絢子は小さな声で言った。

「俺もだ。なんでだろうね」

「だったら、うんと遡って聖徳太子《しようとくたいし》とか卑弥呼《ひみこ》はどうですか」

「古代か……。昔から業界では『鬼門《きもん》の古代史』と言われていてね。史談ものやエッセイだとそれなりに読者がつくんだけど、小説にすると何故《なぜ》かさっぱり売れないんだ」

「そうなんですね」

「だからこそやる価値はあるかもしれないが——君ならどうする？」

「古事記《こじき》はどうでしょう」

「えっ？」

「以前、古事記の現代語訳を読んで面白いと思ったことがあるんです。神話なのに、登場する神様がわりと人間くさくて。でも現代語訳とはいえ、独特の読みにくさがあるじゃないですか。だから小説仕立てにしたらどうかな、と」

「人間ドラマとしての古事記、か」

「無理がありますかね」

「うん、簡単じゃないと思う。でもその発想だ。おっと、俺はそろそろ会社に顔出すけど、どうする？」

「わたしはもう少し見ていきます」

「オーケー。それじゃあとで」

　絢子は一人になると、今度は古代から現代へと復路をたどった。古代、奈良《なら》、飛鳥《あすか》、平安、鎌倉、南北朝、室町、戦国……。そのときだった。記憶の底から何かが囁《ささや》くのが聞こえた。絢子は立ち止まって耳を澄《す》ませた。

「真田信之《さなだのぶゆき》……」

真田昌幸《まさゆき》の長男。幸村《ゆきむら》の兄。通説では父と弟の陰《かげ》に隠れてしまいがちだが、じつはとてつもない大人物であったと、祖父がしきりに唱《とな》えていた。夕暮れの上田《うえだ》城を遠望して祖父がつぶやいたときの口調を、今もはっきりと覚えている。

「ほんとは信之さんこそ上田の誉《ほま》れなんだ。名君だよ」

信之は晩年、上田から松代《まつしろ》へ転封《てんぽう》された。九十三歳で亡くなったとき、松代の領民はこぞって嘆《なげ》き悲しんだという。

絢子の出し物は決まった。

真田家三代の歴史を信之の視点で——。

翌日、美代さんをのぞく四人が企画を持ちより、会議がひらかれた。A4のペーパーが配られる。

「チンギス・ハンの一族」石丸
「忠臣蔵」岩田
「倭寇《わこう》」「忍者」「アイヌ」竜己
「真田三代記」「古事記」絢子

まず石丸が自分の企画の骨子を説明した。

「五冊となると大河ですよね。チンギス・ハンの父から始めて、チンギス、オゴタイ、フビライ。一族の血みどろの四代記にしてはどうかな、と思ったんです。もちろん陳舜臣《ちんしゅんしん》さんをはじめ、先行作品はありますが」

「素材としては文句ないね」

と岩田が言った。「次、竜己くんお願い」

「ジブンはあまり詳しくないんで、こんなのどうかな、と思っただけです」

それきり説明しないので、岩田が講評を加えた。

「アイヌの歴史は、平安時代の阿弖流為《アテルイ》から江戸時代の沙牟奢允《シャクシャイン》まで結べば、五冊いけるかもね。忍者もどこを切り取るかだ。倭寇は厳しいかもしれない。次、絢ちゃんお願い」

絢子は昨日思ったことを、何度かつかえながらも開陳《かいちん》した。

岩田は聞き終えてニヤリとした。

「お故郷《クニ》自慢《じまん》だね。でも真田家は日本人の琴線《きんせん》に触れるところが多いから、いいかもしれない。で、俺の忠臣蔵も日本人好みの事件なんだけど……」

四人の企画発表が終わった。

「どれでいきます？」

石丸がＣＥＥに決断をあおぐと、岩田は微笑《ほほえ》んで首を振った。

「企画会議は民主主義じゃない。すぐれた個人の直観と独断で決めるものだ。むろんそれは島津の役割。ここに挙がった企画を、島津にぶつけてみようじゃないか」

企画は次のように整理された。

1　島津家の話（戦国か幕末）
2　忠臣蔵
3　真田三代記（長男・信之の視点で）
4　チンギス・ハン一族の盛衰記《せいすいき》
5　古事記
6　伊賀《いが》甲賀《こうが》忍者伝
7　アイヌの歴史

島津さんのアポとりますね、と石丸が言うと、岩田は「ちょっと待って」とその場で電話を入れた。

「あ、ママ？　岩田です。先日はごちそうさま。じつは島津と連絡《れんらく》を取りたいんだけど、連絡先知ってる？　ちょっと待って。はい、いいよ」

岩田はペンを走らせた。

「ありがとう。え、多治見が来たの？　ふーん、送別会か。またホラ吹いてた？　わははは。あいつにも連絡してみるよ。じゃあまた。ありがとね」

岩田は電話を切り、石丸にメモを渡した。

「ここの三宅《みやけ》という人間に、島津の連絡先を訊《き》いてみて」

「マドロス書房……」

「官能一本の版元だね。島津はいまここをホームグランドにしている。担当が三宅さんだ。それじゃ俺はそろそろ上がらせてもらうよ」

「お疲《つか》れさまでした。あ、絢ちゃんももう上がっていいよ」

絢子はすばやく身支度《みじたく》し、岩田といっしょにオフィスを出た。

「さっき電話していたのは、お知り合いの方ですか？」

「銀座で古くからやってる文壇《ぶんだん》バーのママでね。この前、久しぶりに顔を出してみたんだ」

「すごい……」

文壇バーという響《ひび》きに、絢子の胸はときめいた。

「こんど行ってみる？」

「わたしみたいのが行ってもいいんですか？」

「もちろんさ。島津と会ったあとにでも、みんなで行こうじゃないか」

「たいへん！　どんな格好《かっこう》で行けばいいかしら？」

「普段着《ふだんぎ》でいいよ。ただの呑《の》み屋なんだから」

「本当ですか?」

「本当さ。ところでシニア・インターンの募集文《ぼしゅうぶん》、君が起草《きそう》したんだってね」

「はい」

「よく書けていたよ。君は根も葉もあるウソをつき、募集文に生命を吹き込んで、僕の胸を揺さぶったんだ。お陰《かげ》で生きる目標ができたよ。ありがとう」

岩田はひらひらと手を振って、地下鉄の構内に消えていった。絢子は歩き出すのも忘れて呆然《ぼうぜん》と立ち尽《つ》くした。ベテランの編集者に文章を褒められたことが、なにより嬉しかった。

翌日、石丸から島津正臣のハードボイルド小説の書誌《しょし》作成を命じられた。

取り掛かると、全部で三十冊近くあることに驚いた。だがもっと驚いたのは、それほどの作家を自分が知らなかったこと。さらに驚いたのは、そのすべてが絶版になっていることだった。絢子はアマゾンですべての中古品を取り寄せた。

尾藤陸名義の官能小説は、膨大な新刊が流通していた。絢子は勘で三作品だけを選び、やはりアマゾンで注文した。石丸から「書店さんで買える資料は必ず書店さんで買うこと」と厳命されていたが、やはりレジへ持っていくのが恥ずかしい。

絢子は取り寄せた本にざっと目を通してから、書誌と共に石丸へ提出した。

「あいかわらず仕事が早いね。どんな感じだった?」

「面白かったです。とくに四作目の『天使になったチンピラ』は切なくて、最後泣いちゃいました」

「あれ、いいよね」

「石丸さんが読まれたのも？」

「うん、あれ。ふーん、『午後の人妻倶楽部《クラブ》』か」

「そっち系はちょっと……」

絢子は顔を赤らめた。官能小説を読んだのは初めてだが、思わず速読の手が止まる箇所《かしょ》があったことは口が裂《さ》けても言えない。

「島津さん、週末に訪ねて来いと言ってくださった。青梅《おうめ》の自宅に二時半。岩田さんと三人で行こう」

「かしこまりました。緊張《きんちょう》しますね」

「俺も。小説の依頼は初めてだからさ」

「そういえば、ちょっとネットで見掛けたんですが……」

「ああ、見たんだ？」

石丸の表情が曇《くも》った。それがウィキペディアの島津に関する記述を指していることは明らかだった。

「でも昔のことだから関係ないよ。岩田さんがいけると踏んだんだ。俺たちは善意ある知らんぷりで臨《のぞ》もうよ」

島津とのアポ日、二人は昼前にオフィスを出た。かばんの中には名刺、筆記用具、イシマル書房の刊行物一覧、企画書が人数分。朝から何度も確認した。ぬかりはない。

「頑張《がんば》ってきてね。きっとうまくいくわ」

美代さんが見送ってくれた。心なしか、留守を預かる美代さんの化粧《けしょう》や格好も、普段より気合いが入っている。

まずは地下鉄で新宿《しんじゅく》まで出た。乗り換《か》えのあいだに立ち食いソバで昼食を済ませ、JRの特快で青梅へ向かった。直行する岩田とは、現地で待ち合わせている。

絢子はスマホをいじって過ごした。最近、アイアンさんの感想がアップされないのがすこし寂《さび》しい。となりで島津作品に読み耽《ふけ》る石丸は、ときおり「ひぇー」とか「うまいなぁ」などとつぶやく。

電車が立川《たちかわ》駅に差し掛かったあたりで、石丸はパタンと本を閉じた。

「あー、面白かった。この人の書く人間って、みんな生きてるよね」

「みんな生きてる……。まさしくその通りですね」

石丸には作品の核心《かくしん》を一言で鷲掴《わしづか》みにする力がある。読書メーターをやっているならお気に入りに登録したい。

青梅駅で改札を出ると、岩田はすでに来ていた。

「では参りましょうか」

石丸がプリントアウトしてきた地図を手に先導した。

絢子は青梅に来るのは初めてだった。都心よりも肌寒い。空が広く、街や人の気配もどこかのんびりしている。要するに東京の中の田舎《いなか》なのだ。

少し行くと、住宅街に入った。

「島津さんに逢《あ》われるのは、何年ぶりでしたっけ？」と石丸が訊《たず》ねた。

「少なくとも二十年にはなるな。奴とは、電話で話したの？」

「ええ。速達でお手紙をお送りしてから」

「なんだって？」

「とりあえず会ってみよう、という口ぶりでした」

「俺のことは、話してないよな？」

「はい。三人で行くとは伝えてありますが」

「そう……」

「島津さんが受けてくれるとしたら、どの企画だと思います？」

「ファースト・インプレッションとしては幕末の薩摩かな。それも西郷《さいごう》や大久保《おおくぼ》じゃない、下級藩士《はんし》の一兵卒による視点だ」

「ご自分のルーツですね」

「うん。ルーツ探しは周期的に言っても、そろそろ来てもいいテーマだと思うし」

「テーマにも周期性があるんですか？」と絢子は訊ねた。

「ある。純愛もの、闘病《とうびょう》もの、家族もの、戦争もの、友情もの。干支《えと》みたいに順繰《じゅんぐ》りにやって来るんだ」

「あ、ここだ」

石丸が古い一軒家を見上げた。本名の「高村」と、ペンネームの「尾藤」の表札が掛かっている。

インタフォンを押すと、「どうぞ」とぶっきらぼうな声が返ってきた。玄関までのアプローチには小さくない庭がついていたが、もう何年も掃《は》かれていない様子で、閑古鳥《かんこどり》が鳴く地方のテーマパークのように寂しい。

ドアを開けると、無精《ぶしょう》ひげの男が立っていた。

知的なのに野性的。虚無的《きょむてき》なのに好奇心《こうきしん》あふれる目つき。純粋そうなのに世故《せこ》に長《た》けた雰囲気《ふんいき》。絢子は一目見ただけで、これまで自分が逢ったことのないタイプだと悟《さと》った。

「上がってください」

島津は誰とも目も合わせずにスリッパを出した。

三人はダイニングの大きなテーブルに並んで腰《こし》をおろした。キッチンでお茶を淹《い》れて戻《もど》ってきた島津が、ようやく気がついた。

「あれ……ひょっとして岩さん？」

島津の顔にみるみる驚愕《きょうがく》の色が浮かぶ。

「やっ、久しぶりだな。じつはいま、こちらの会社を手伝ってるんだ」

「なーんだ、そうだったのか」

なぞなぞの答えを聞かされたときのように、島津が肩の力をぬいた。それまで孤独《こどく》なレンズにしか見えなかった瞳《ひとみ》の奥《おく》に、人懐《ひとなつ》っこい色が浮かんだ。

「それで納得《なっとく》がいきましたよ。俺に『歴史小説を書け』だなんて、おかしな注文だと思ったんです。そうか、黒幕は岩さんだったのか」

「おいおい、人聞きの悪いこと言うなよ」

座が打ち解け、絢子の目にもようやく室内の様子が入ってきた。ダイニングとひと続きのリビングは書斎《しょさい》として使われていた。窓に向けて大きな机が置かれ、壁《かべ》に備えつけた本棚には、天井まで本が積み上げられている。

「もう青梅《こっち》は長いの？」

「かれこれ二十年になります」

「昔は大井町《おおいまち》だったよな？」

「ああ、そんな時代もありましたね」

「今年、六十？」

「ええ。すると岩さんは、七十二？」

「よく覚えてるな」

「忘れませんよ。なにせ岩さんは僕《ぼく》にとって〝初めての人〟ですから」

「よせやい」

久闊《きゅうかつ》を叙《じょ》するとはこのことだろう。会話を交わすたびに、二人の距離《きょり》が縮《ちぢ》まっていくのがわかる。

「で、お願いというのは他でもない」

と岩田が石丸にバトンを渡した。石丸は名刺を差し出したあと、

「お手紙にも書かせて頂きましたが、弊社《へいしゃ》はいま困ったところに差し掛かっております。というのも――」

と、石丸は聞いている絢子がひやひやするくらい率直《そっちょく》な打ち明け話を始めた。

島津は「親会社の督促《とくそく》」というところでぴくりと眉《まゆ》を顰《ひそ》め、「パチンコメーカーへ売却《ばいきゃく》されるかもしれない」というくだりでは目を瞠《みは》った。

「そんなわけで、弊社は逆転ホームランを飛ばさない限り、存続が危うい状況にあります。そこで考えてきたのが……絢ちゃん」

絢子は企画書を各自に配った。

「ぜひ島津先生に、うちで歴史シリーズをご執筆《しっぴつ》頂けないか、というお願いでして」

島津は企画書に目を落とし、しばらく睨《ね》めつけた。

「これ、岩さんの企画？」

「いや、みんなで考えたんだ」

「ふーん」

島津はあごに手をあて、なおも企画書を睨《にら》み続ける。

「この中の一冊を一年以内に、ということですね？」

島津が視線をあげて言った。

となりで石丸が小さく深呼吸するのが絢子にはわかった。

「蛮勇《ばんゆう》を鼓《こ》舞して申し上げます。一年で五冊書いて頂きたいのです」

「五冊⁉」

島津はふたたび企画書に目を落とした。「そりゃいくらなんでも無理だよ」

「無理は承知なんだ」

すかさず岩田が言った。「でもボリュームだけでいえば、書けるはずだ。準備に二ヶ月。それから二ヶ月に一冊。ほかの作家には無理でも、お前の筆をもってすれば――」

「無理だって、岩さん。いま月に一本、書き下ろしを抱《かか》えてるし」

「そこをどうにか塩梅《あんばい》してくれないか。もちろん全面的にサポートするし、全力で売りにかかる。なあ？」

　はい、と石丸がうなずいた。

「わが社の状況にご懸念《けねん》もおありかと存じます。そこでもしご執筆頂けるなら、初版一万部、印税十%はお約束いたします。いま抱えておられるお仕事に支障が出るようでしたら、五冊五万部分の印税は事前にお支払いさせて下さい。各冊三万、累計《るいけい》十五万部。石に齧《かじ》りつき、泥の水を飲んででも売り伸ばしていく所存です。何卒《なにとぞ》ご一考くださいませんでしょうか」

　これがイシマル書房の提示できる精一杯の誠意だった。

ところが島津は眉を険《けわ》しくし、「お引き取りくださいませんか」と静かな雷鳴《らいめい》のように告げた。

「えっ、あ、あの――」

　口を開きかけた石丸に、島津は取り付く島を与えなかった。

「あなた方の言い分はわかった。僕に目をつけた経緯《けいい》も、だいたい察しがつく。だがいまの言い方は非常に不愉快《ふゆかい》だった。あなた方は、官能小説というものを見下してるんだな。だからそんなことが言えるんだ。言っておくがね、私にも官能作家としての誇《ほこ》りがある。いま組んでいる編集者との信頼関係だってある。その仕事をストップして、自分たちのために書けだと？　しかも年に五冊？　冗談《じょうだん》も休み休み言いたまえ。さあ、帰ってくれ」

「済まなかった」

岩田が傷《いた》ましげに顔を歪《ゆが》めた。「お前を愚弄《ぐろう》するつもりはこれっぽっちもなかったんだ。貧《ひん》すれば鈍《どん》するで、拙《まず》い頼み方になってしまった。謝《あやま》る。この通りだ」

「やめてください、岩さん。私もついエキサイトしてしまったが、土台《どだい》無茶な話なんですから」

「そうだよな。じつは半分は、俺がお前に逢いたくて持ちかけた企画なんだ。石丸さんは俺にダマされたんだよ。ただ、もしだぞ。もしイシマル書房が持ち直したら、いつか書いてくれないか。このシリーズは無理だとしても、長い目で見てさ」

「ええ…そのときはまた……」

「じゃあ失礼しよう」

岩田の一言で、三人は玄関《げんかん》へ出て靴《くつ》をはいた。

「先生のご気分を害するような言い方をしてしまい、本当に申し訳ありませんでした」

謝罪する石丸に、

「なに、こっちこそ悪かったね」

と島津はもう人懐こい笑顔に戻っている。

玄関を出かけたとき、「岩さん」と島津が呼び止めた。

ん？　と岩田が足を止める。

「十年、遅《おそ》かったよ」

ああ、と岩田がうめき声を漏らした。

三人は無言のまま駅まで歩いた。信号待ちをしていたとき、どこか片づかない顔をしていた石丸が「僕の言い方が悪かったです、すみません」と言った。

「あんたのせいじゃない」

岩田は赤信号を見つめたまま答えた。「俺が読み違えたのさ。デビューした頃から知ってるのに……」

駅では電車が来るまで、底冷えのするホームで二十分待たされた。

「岩田さんは三鷹までですか？」と石丸が訊ねた。

「いや、じつは六時に銀座で多治見《たじみ》と約束してる。ほら、例の」

「ああ、多治見さん」

「すこし体を悪くして、早期退職したんだ。その慰《い》労《ろう》会をかねて、今日の様子を伝えようと思っていたんだが」

「それ、僕もご一緒してもよろしいですか。多治見さんには、岩田さんをご紹介してくれたお礼をしなくちゃと思っていたんです」

「お礼も何も――まあ、いいけど。絢ちゃんも行く？　例の文壇バーだよ」

「えっ、いいんですか」

「いいとも」

「ではご一緒させてください」

有楽町《ゆうらくちょう》駅で軽く腹ごしらえをしてから、バーを訪れた。「沙《さ》を梨《り》」という店名は、絢子が書物でのみ知る文壇バーのイメージにぴったりだった。

中に入ると、すでに多治見がスタンバイしていた。眼鏡《めがね》をかけた世慣れた人物で、石丸や絢子にも「やあやあ」と如才《じょさい》なく声を掛けてくれる。

「四人ならそこを使って頂戴《ちょうだい》」

とママがL字カウンターの角を指さした。

「こちらが、いま俺がお世話になってるイシマル書房の石丸さん」

岩田がママに紹介した。

「あら、どうも。お噂《うわさ》は伺《うかが》ってますわ。とてもご活躍《かつやく》なさってるようで」

「いやぁ、ぜんぜん」

石丸が情けなさそうな顔になる。

「で、こちらがアシスタントの絢ちゃん」

「あら、可愛《かわい》い。うちでアルバイトしてくれない？」

「スカウト厳禁だよ」

「お酒、多治見さんと同じものでいいかしら？」

「いいよ」

絢子は水割りをつくるママの姿を、畏敬《いけい》の念で見守った。名だたる作家や編集者を見てきた人なのだ。

「それでは」と四人はグラスを鳴らした。

「で、どうでした島津は？」多治見が訊ねた。

「怒られちゃったよ」岩田が首をすくめる。

「へぇ、そりゃまたなんで？」

岩田が経緯《けいい》を話した。多治見は眼鏡をクイッと持ち上げながら耳を傾《かたむ》け、聞き終わると
「そっかぁ」と嘆息《たんそく》を漏らした。

「どうなんだろ、それ。あのことがまだ引っ掛かってるって可能性はありますかね？」

岩田が「いや、まあ……どうかな」と言い淀んだ。

多治見はまた眼鏡をクイッと持ち上げ、「この二人には、まだ？」

「ああ。余計な先入観を持ってもらいたくなかったんでね。君たち、島津がむかし事件を起こしたことは知ってるよね？」

「ほんのさわりだけですが」と石丸が答えた。

べつに隠《かく》してたわけじゃないんだ、と言って岩田は水割りを舐《な》めた。

「島津は二十八歳でうちの新人賞を獲《と》ってデビューした。担当についたのが俺だ。四作目の『天使になったチンピラ』で当たりをとった。たしか四十万近く売れたと思う。島津は

会社を辞めて専業作家になり、やがて流行作家の仲間入りを果たした。

デビューから八年が過ぎた頃《ころ》のこと。俺は現場を上がりかけていたが、『歴史小説もレパートリーに加えてはどうか』と島津に提案した。というのも、版元は売れてるものを書かせたがる。だが作家は同じところをぐるぐる回ってるうちに、疲弊《ひへい》するものなんだ。俺は島津の才能を認めていたから、潰《つぶ》されて欲《ほ》しくなかった。似たような作品ばっかり書かされ、出涸《でが》らしになって消えていく作家を何人も見てきたからね」

岩田は水割りで舌を湿《しめ》らせた。

「島津も歴史物には興味を示してくれた。男を描く骨法《こっぽう》は、ハードボイルドで身につけている。どうせならど真ん中で勝負してもらおうと思い、俺は『霧《きり》の関ケ原』というタイトルを用意した。島津は乗り気になった。俺は連日古書店をまわり、図書館でコピーした資料を奴へ届けた。

島津は数ヶ月かけて資料を読み込み、さらに数ヶ月かけて構想を練《ね》った。やがてほかの注文をシャットアウトして、猛然《もうぜん》と書き下ろしに取り掛かった。凄《すさ》まじい筆力だった。上巻を四ヶ月で書き上げ、下巻を二ヶ月半で書き上げた。

初稿はいい手応《てごた》えだった。山で言えばまだ五合目くらいだったけど、俺たちは推敲《すいこう》にたっぷり時間を掛けた。俺が鉛筆を入れ、奴が取捨選択して赤字にする。そんなゲラのやりとりが半年は続いた。五稿や六稿じゃきかなかった。直せば直すほど良くなるんだから、外野の声は無視してのめりこんだよ」

そこまで話すと、岩田は水を所望した。ママが注《つ》いでくれたミネラルウォーターを、岩田は咽喉《のど》を鳴らして飲み干した。

「ゲラは役員連中にも読ませた。口々にいいと言う。潤沢《じゅんたく》な宣伝費がつき、上下巻あわせて二十万部のスタートと決まった。異例の扱《あつか》いだ。いくら売れっ子とはいえ、歴史小説は初めてだからね。社を挙げてのキャンペーンとなったよ」

気がつくと絢子は手に汗を握りしめていた。どうかいま、ほかの客が入って来ませんようにと、と念じた。

「滑《すべ》り出しは上々だった。発売二週間が過ぎてそろそろ重版の検討を、と思ったとき、持ちあがったんだ、盗作疑惑《とうさくぎわく》が。見ただろ、ネットで」

石丸が無言でうなずいた。

「会話部分だ。それもたった八行の。その八行が、ある先行作品とそっくりだった。もちろんそれが一次資料にある会話だったら、切り抜けようもあっただろう」

「一次資料って、古文書《こもんじょ》とかのことですか?」と石丸が訊ねた。

「そうだ。たとえば信長を書こうとしたら、誰《だれ》もがまず『信長公記《しんちょうこうき》』を読む。信長の死後すぐに書かれた超一級《ちょういっきゅう》資料だ。そこに書かれていることなら、どんなに先行作品と被《かぶ》ったっていい。みんなそこに拠《よ》るしかないんだから。ところが島津の書いた問題の部分は、さる歴史小説の大家が創作した会話だったんだよ」

「なぜそれがわかったんですか？」

「島津は疑惑が持ち上がってから、『参考にした文献《ぶんけん》を提出せよ』と言われて、出すことができなかった。それを受けて当の大家が、『あの部分はわたしの創作です』と記者連中に言ってしまったんだ」

「それは――」

アウトだ、という石丸の声なき声が聞こえた。

「でもね」

と岩田は言った。

「絶対に確信犯じゃない。それは俺がいちばんよく知っている。島津は一次資料も、先行作品も、すべて同じノートにメモを取っていた。なにせ膨大《ぼうだい》な資料だ。何度もひっくり返すうちに、どれが一次資料で、どれが先行作品のメモか判らなくなっちまったんだ。ミスには違《ちが》いないが、不可抗力《ふかこうりょく》ってやつだよ。

俺が悪かったんだ。あいつには歴史物を書くノウハウなんて一つもなかった。事前に『先行作品を読むのはいいけど、書くときはすっかり忘れろよ』とアドバイスするのを忘れてた。俺が注意深くしていれば、回避《かいひ》できた事件なんだよ。

それに悪いことは重なるもので、あのときうちの校閲部《こうえつぶ》には『歴史小説の神』と称《しょう》される、宮《みや》さんという校閲がいた。宮さんは『すべての歴史小説が頭に入っている』と言われるほどの人物だったが、体を壊して休職中だったんだ」

その宮さんはたぶんサヴァン症候群《しょうこうぐん》だ、と絢子は思った。

「それから、どうなったんです？」

石丸が先をうながした。

「会社は回収・絶版を命じた。でもそれをしたら、島津がクロだと認めるようなものだ。俺は会社と掛け合った。『せめて島津の自主的な絶版ということにして欲しい』と。会社の答えはNOだった。島津はたった八行のために作家として死刑宣告を受け、文壇から消えた」

「でもあれは、岩さんのせいじゃないと思うな」

多治見が言った。「誰が担当でも、あれは見つけられないよ」

「いや、俺のせいだよ。俺も現場から上がりかけていたから、勘が鈍ってたんだ。一大キャンペーンになって、頭もこんがらがっていたし。俺がきちんとやっていたら、あの八行は削《けず》れた」

「無理でしょ、それは」

「仮にできなくても、事件後にもう少し粘り強く対応していたら、島津をあそこまで追い詰めることはなかった。結局、俺は保身に走ったんだよ。島津の作家生命と引き換えに、自分の会社員生命を守ったのさ」

「いくらなんでも、それは自分を悪く言い過ぎじゃないですか。あのとき岩さんは永田《ながた》さんを殴って――」

「関係ないよ。俺が役員をぶん殴って降格したといっても、あいつが味わった絶望と比べたら屁《へ》でもない。現場に一兵卒として戻ることができて、かえって嬉しかったくらいだ。

俺は給料を貰《もら》い続け、退職金も受け取り、今こうして年金生活を送れている。島津はどうだ？　この二十年、ペンだこをつくりながら、女のたわわな乳房《ちぶさ》がどうの、男のそそり立ったペニスがどうのって原稿を月に何百枚も書いてきたんだぞ。あれだけ才能ある奴がな。あいつは『官能作家であることに誇りを持っている』と言ったが、半分は嘘《うそ》だと思う」

「なぜそう思われるんです？」

石丸が首を傾《かし》げた。

「書斎の写真立てが、二つ倒《たお》れていた。机の横の壁に、綺麗《きれい》な長方形の跡があった。おそらく、日ごろ想像力を掻《か》き立てるために見つめるヌードや春画を隠したんだろう。官能小説の書き手であることに誇りを持つ人物が、そんなことをするか？　演奏家は来客があったとき、楽器を隠したりしない」

言われて絢子も思い当たった。たしかに壁に長方形の鮮《あざ》やかな木目が浮き上がっていた気がする。

「なぜ島津さんは、最後に『十年遅かった』と言ったのでしょう？」と石丸が訊ねた。

「わからない。ただ二十四年ぶりに逢って思ったのは、人相が変わったということだ。あれは地獄《じごく》を見た男の顔だよ」

みなが島津の見た景色を想像し、重たい沈黙に包まれた。

その沈黙を破ったのは多治見だった。グラスの丸氷を指で転がしながら、

「それはそうと、これからどうするんです？　ほかの書き手を探すんですか？」

「そうだな。親会社へのプレゼンってのはいつだっけ」

「来週の金曜です」

「それじゃこの週末で、次の書き手候補をピックアップしよう。AからDまでランクをつけて、五人ずつ計二十人。その二十人へ順繰りに企画をぶつけていくんだ。虱潰《しらみつぶ》しにな」

「間に合いますでしょうか」

「間に合わん。プレゼンは方便《ほうべん》で乗り切ってくれ。どうせブラックボックスだ。『この人で決まりかけています』と言えば、どうにかなるだろ。問題は、本当にあとで書いてくれる人間が見つかるかどうかだ」

「一年に五冊」

「そう、一年に五冊。多治見も体が空いたとき、アドバイスをくれよな」

「承知しました」

「こいつはね、編集のあと販売局、製作局なんかも経験してるから、本に関してはオールマイティなんだ」

「よしてくださいよ」

「ぜひお知恵《ちえ》を拝借《はいしゃく》させてください」と石丸が頭を下げた。

「ええ、私でよければいつでも。どうせ病院に行く以外は暇《ひま》ですから」

二十時過ぎに散会して、四人は店の前で別れた。

絢子は丸ノ内線の東京駅まで歩くことにした。一日中座りっぱなしで縮こまった体をほぐしたかったし、火照《ほて》った頭もクールダウンさせたい。

――盗作、剽窃《ひょうせつ》。盗作、剽窃……。

心の中でぶつぶつ唱えながら歩いた。妙《みょう》にどぎつい語感をもった言葉だ。

無印良品の前を過ぎて、皇居側に出た。高級ブランド店がひしめく有楽町の街路地は、仕事を終えたばかりの人々で溢《あふ》れていた。ある人は足早に帰途を急ぎ、ある人は同僚《どうりょう》とつるいで歩き語りしている。

食器店の前に差し掛かったときのことだった。

――え、あれって……？

通りを挟《はさ》んだ向こうの舗道《ほどう》に、美代さんがいた。絢子は並木の下で立ち止まり、スマホを取り出して眺めるフリをした。

ちらりと見やる。

路面レストランの灯《あか》りが映し出したのは、まぎれもなく美代さんだった。いつになく明るい表情で、隣《となり》の男に話しかけている。男が何か答えると、美代さんは愉快そうに男の肩を叩《たた》いた。

「やだもう」

という美代さんの弾《はず》んだ声が聞こえてきそうだった。

——嘘でしょ……。

目の前の光景がいまだ信じられず、絢子は追跡《ついせき》を始めた。二人は並木道を抜け、交通量の多い通りに出た。そして右に折れ、美代さんと小暮は高級シティホテルへ消えて行ったのだった。


週明けに出社すると、美代さんが一人で週末の注文を処理していた。

おはようございます、と告げた絢子の声はかすかに強張《こわば》っていた。

「おはよう。聞いたわよ、島津さんのこと。大変だったみたいね」

美代さんに変わった様子はなかった。静かで、優雅《ゆうが》で、ちょっぴり冷たい感じがする、いつもの美代さんだ。

「社長もそう仰っていましたか」

絢子は美代さんの顔の下半分を見て訊ねた。目を直視することができない。

「ええ、土日も岩田さんと連絡とりあってバタバタだったわ。今朝方《けさがた》まで、執筆依頼の手紙を書いていたの。昼頃には出社すると思うわ」

そういえばこの夫婦がめったに一緒に出社しないことも、今は意味ありげなことに思えてくる。ひょっとして仮面夫婦ではあるまいか、とふと思う。

「あの人、こんどは作戦名『ＡＢＣＤ包囲網《ほういもう》だ』って言ってたわ」

なぜ小暮なのだろう。

「包囲されてるのはこっちなのにね」

あのとき、すぐ近くに石丸がいたのだ。

「印税を前払いするお金なんてないのに」

二人が仲良く歩いている下を、石丸が地下鉄で通過していたかもしれないのだ。

「絢ちゃん？」

「あ――はい」

「大丈夫？　体の具合でも悪い？」

「いえ、すいません。ボーッとしてました」

「それじゃこの続き、頼んじゃってもいいかしら」

「かしこまりました」

昼前に出社した石丸の目の下には、隈《くま》ができていた。石丸は絢子に一枚の紙を手渡した。

「これ、書き手候補の一覧。いま、AとBの人に速達で依頼を出してきた」

そこには二十人の作家名が記されていた。


ランクAの五人は、中堅《ちゆうけん》の歴史小説家や、すでに一家を成した著名作家。

ランクBの五人は、かつての大家や、気鋭の作家。

ランクCの五人は、小説家というよりも、一般啓蒙書《けいもうしよ》の書き手が多かった。

ランクDの五人は、絢子の知らない名前が二つあった。残りの三人も読んだことはない。


と、そこへ電話が鳴った。取った石丸が「マジか！」と叫《さけ》んだ。スマホを耳に当てたまま、マウスをあわただしく動かし始める。いくつかクリックしてたどり着いたのは、次のネットニュース記事だった。

「若者に人気の〝里山ソサエティ〟で集団大麻《たいま》疑惑」

石丸はすぐに梨木《なしき》へ電話を掛けた。が、つながらない。絢子は自分のパソコンでツイッター検索《けんさく》をかけ、矢継ぎ早にタイムラインを読み上げた。

「二時半から梨木さんの緊急《きんきゆう》記者会見が開かれるそうです！」「場所はNPO本部！」

石丸は自分の髪《かみ》をぐしゃっと摑み、焦点《しょうてん》の定まらない眼球をきょろきょろさせたあと、スマホを手に取った。

「あ、竜己？　二時半から会見があるから、本部で待ち合わせよう。俺も行く」

二人は夕方過ぎに戻ってきた。水気が抜けた大根のような顔つきをしている。

「梨木さんと話して、『里山の多様性《ダイバーシティ》』は自主回収、絶版と決まった。今後、竜己が回収して回る。返品は無期限で受け入れ。送料はこっち持ち。問い合わせがあったら、この方針でお願いします」

四人は夜遅くまで会社に残った。二十時過ぎ、石丸は小暮に呼び出されてオフィスを出ていった。

4

島津は早朝のクローゼットで、和服と背広、どちらにするかで少し考えた。正装して執筆に臨むのは、職住一体の作家業にけじめを与えたいと十年前に身につけた習慣である。

——今日は、和服だ。

きつく帯をしめ、ポットに淹《い》れた紅茶と煎餅《せんべい》をセットして、執筆にとりかかった。

執筆は午前中と決めている。ノルマは十五枚。乗っている日もぴたりとそこで止めるし、乗らない日もそこまでは粘る。板前がその日の気分で予約客をキャンセルすることが許されないように、職業作家の務めは毎日決められた枚数をこなすことだ。モンブランの万年筆に満寿屋《ますや》の原稿用紙というスタイルは、デビュー当初から変わらない。

今日はラストシーンの執筆だった。それまで愛欲にまみれてきた男女が、雪の降る駅舎で一指も触《ふ》れ合わずに別れを告げ、島津が【了】の文字を書きつけたとき、時計の針はちょうど十一時を指していた。

ふーっと大きな息をつき、しばし脱稿《だっこう》の余韻《よいん》を味わった。

それから風呂場《ふろば》へ向かい、湯をためた桶《おけ》に右手をつけた。手書き作家の職業病ともいうべき腱鞘炎《けんしょうえん》対策で、とくに節々の固まる冬場には欠かせないメンテナンスだ。

昼過ぎに、マドロス書房の三宅が弁当を二つぶら下げてやって来た。

「先生、おはようございます。原稿のほうはいかがですか」

「そこにあるよ」

島津はダイニングテーブルを目で指し示した。三宅は月イチで書き下ろされる作品を前後半に分けて受け取るために、月に二度、こうしてやって来る。

「では早速、拝見《はいけん》します」

三宅が原稿を読み始めた。

島津は書斎へ退散し、三宅の持ってきてくれた弁当をつまんだ。幾《いく》つになっても、目の前で編集者に生原稿を読まれることそばゆさには慣れることができない。

やがて三宅から「先生、お見事《みごと》な着地でした」と声が掛かった。

「そうかい」

島津は内心でホッとしつつも、素《そ》っ気《け》なく応じた。

「今回は両者がイタすまでの助走期間が長くてヤキモキしておったのですが、それもまたよろしからずや、ですね。タイトルはいかが致《いた》しましょうか」

「雪の淫女《いんじょ》、はどうかな。雪子《ゆきこ》は一見冷たそうに見えるけど、褥《しとね》では熱く男を蕩《とろ》かす。肌も白い」

「いいですね。ラストシーンとも呼応していますし」

「じゃ、決まりだな」

「はい、ありがとうございました。……あれ?」

三宅が机の横の壁に目を止めた。

「ポスター、剝《は》がしちゃったんですか?」

「ああ、剝がれちゃったんだ」

島津はとっさに糊塗《こと》した。

「私の貼《は》り方がまずかったんですね。いま、貼り直します」

「いいんだ。考えてみれば、自作のVシネ化のポスターを貼り出すなんて、恥ずかしいじゃないか」

「そうおっしゃらずに。どこです？　ポスターは」

三宅が作業を始めた。大きく禿《は》げ上がった後頭部が、嫌でも目に入る。島津は先日岩田と再会してからというもの、どこか回顧《かいこ》的になっていたので、

「三宅くんとは、もう二十年近くになるな」

と地肌の見える後頭部に向けて言った。三宅が振り向いた。普通にしていても、どこか悲しげな顔つきに見える。

「もうそんなになりますでしょうか」

親しき中にも礼儀《れいぎ》のある三宅の言葉づかいを、島津は好もしく思っている。

「すると君も、もう五十二か」

「そうおっしゃる先生こそ、来週還暦《かんれき》を迎《むか》えられますね」

三宅は微笑《ほほえ》み、ダイニングから紙袋《かみぶくろ》を持ってきた。

「弊社からささやかな贈《おく》り物です」

もちろん、赤いちゃんちゃんこが出てきた。

「悪い冗談《じょうだん》だな」

「まあ、そう仰《おつしや》らずに。証拠写真を撮《と》ってこいと言われております。お召《め》しになってください」

「よせやい」

「社命なんです。さ、一枚。はい、にっこりお願いしまーす」

言われて島津は微笑んだ。パチリ。

「これ、なかなか暖かいよ」

「良かった。ウールです」

「お袋にいいかもしれないな」

「ああ、お母さまに……」

三宅は思案顔になったあと、「お母さまのご様子はいかがですか」と言った。

「変わりない。あした施設へ行く」

「訪問日でしたね」

「うん」

「そういえば先日の件はどうなりました？　イシマル書房の方。すぐにでもご連絡を差し上げると言っておりましたが」

「もう来たよ。歴史小説を書けって言われたけど、お引き取り願った」

「歴史小説ですか？」三宅が目を丸くした。

「なんとも馬鹿《ばか》げた話でね――」

と島津は経緯を話した。三宅はこくこく頷きながら聞いていたが、話が終わると「先生、お書きにならないんですか？」と思わぬことを口にした。

島津は不意をつかれ、赤いちゃんちゃんこを着たまま固まってしまった。

「書かれたらいいじゃないですか。こんなこと、うちの社長に聞かれたら殺されてしまいますが、私は先生の書かれる歴史小説、読んでみたいです」

「年に五冊だぞ」

「本当はお書きになられたいのでは？」

「そんな気力ないよ」

「そうですか……」

三宅が眉を寄せて黙り込んだ。

島津は真意をはかりかねた。三宅はこういうとき、おためごかしを言う男ではない。原稿が気に食わなければ「ここはもっと濡《ぬ》れ場《ば》を書き込んでください」とぴしゃりと言うし、母を施設に預けるかどうかで悩んでいたときは、「それがお母さまにとってもいいことだと思います」と背中を押してくれた。

三宅がなおも黙りこくるので、島津は冗談めかして探りを入れた。

「だいいちそれを受けたら、君んとこの仕事がストップしちまうじゃないか」

ええ、と三宅は難しい顔を崩《くず》さない。

「どうしたっていうんだい？」

「十年前、ノンフィクションをお書きになられましたね。私はあのときの自分の態度を、ずっと反省しておったのです」

ようやく重たい口を開き、三宅は悲しそうな顔つきをさらに悲しくさせた。島津は絶句した。まさかあのときのことを三宅が気に病《や》んでいたとは思いも寄らなかった。

十年前、島津は五十歳になったのを期に一念発起《いちねんほっき》し、社会派ノンフィクションに取り掛かることに決めた。三宅はいい顔をしなかった。ちょうどマドロス書房で全体の売上をみる責任あるポジションについたばかりで、月イチ作家を失うのが痛手であることは、言われなくても分かっていた。

「先生、どうしても書かなくてはいけない作品なのですか。うちの仕事を一年ストップさせてまで」

まだ頭髪《とうはつ》も豊かだった三宅が、めずらしく迫《せま》るような口調で言った。

「済まんが、どうしても書いてみたいんだ」

三宅はなんとも言えない表情で黙り込んだ。その目が「しょせん、あなたもそうなのか」と告げていた。あなたもこの地下室から這《は》い出て、陽《ひ》のあたる表通りへ出たいのか、と。

否定はできなかった。そう、自分はもういちど陽の目を見たいのだ。官能小説の約束事やボキャブラリーから解放された作品を書きたいのだ。

その企《くわだ》てが失敗に近いかたちで終わってしばらくして、三宅との関係は修復《しゅうふく》した。三宅は社内で身の竦《すく》む思いをしただろう。だが夢をみて出奔《しゅっぽん》した夫をまた受け容《い》れる古女房《ふるにょうぼう》のように、恨《うら》みがましいことは一言も言わなかった。これで島津の願望も成仏《じょうぶつ》したと思ったのだろう。少なくとも島津は、あの出来事をそのように解釈《かいしゃく》してきた。

「差し出がましいことを申しあげました」

三宅がちらりと時計を見た。「そろそろ失礼いたします」

「なんだよ。弁当くらい食っていけよ」

「帰りに食べるので大丈夫です。それよりも先生。お書きになりたいお気持ちがあるなら、遠慮《えんりょ》せずに仰って下さい。社の方には、私からうまく言いますので」

そんなことをしたらまた君の立場がなくなるじゃないか、という台詞《せりふ》は言わなくても伝わったようだ。

「ご心配はご無用です。お書きになるべきです」

「なぜそう思うんだ？」

「もう二十年ですよ。いくら私が鈍感《どんかん》でもわかりますって。あのときは私も若かった。でも今は、先生に悔《く》いのない作家人生を歩んで頂きたいと心から思います。それに先生、よく仰っていたじゃないですか。岩田さんという方は、自分にとって特別な編集者だったと」

三宅の目にかすかな羨望《せんぼう》の色が浮かんだ。

島津はバツが悪くなり、「そんなこと言ったっけ？」と惚《とぼ》けた。

「ええ、たしかに。あの人と初めて逢った日のことは、まるで昨日のことのように覚えていると。再会して懐《なつ》かしかったんじゃありませんか？　それでは失礼します」

三宅を見送ったあと、島津は書斎で腰をおろし、往時《おうじ》を想《おも》った。

あれは新人賞を貰い、授賞式の打ち合わせのために岩田の会社を訪れたときのことだ。ロビーを行き交《か》う人々の姿に戸惑《とまど》っていると、

「あなたが島津さん？」

とうしろから声が掛かった。筆名で呼ばれるのは初めてのことで、「はい」と答えるまでに数秒かかった。

「おめでとう。いい作品でしたよ。僕が担当につく岩田です。よろしく」

ちょうど一回り上だという岩田は、いかにも大手出版社の社員らしい毛並みの良さと、人あしらいの上手《うま》さ、そして明晰《めいせき》な知性を感じさせた。

別れ際に岩田が言った。

「僕は入社したとき、先輩《せんぱい》に言われました。『百年後も読まれる本をつくろう。ただし、

いま売れてる本の中から百年後も読まれる本が出てくることを忘れるなよ』って。という訳ですから、一緒に売れる本をつくって参りましょう」

島津は二足のワラジをはく兼業作家となった。当時勤めていた繊維《せんい》関係の業界新聞の仕事は忙《いそが》しかったが、時間をみつけては執筆に励《はげ》んだ。

二年のあいだに、岩田の会社から三冊の本を出した。すべて初版止まりだった。

「気にすんなよ。大成する作家は、たいてい始めは売れないもんだ」

この頃には新宿のゴールデン街を根城に、二人で酒蔵《さかぐら》一つ分くらい飲み干し、気易《きやす》い仲になっていた。

「でもこんなに売れない本ばっかりつくってちゃ、岩さん、会社で締め上げられちゃうんじゃない？」

島津は軽口にまぎらわせて懸念《けねん》を表明した。

「お気遣《きづか》いありがとう」

言葉とは裏腹に、岩田の目つきは厳しかった。「だけどお前は自分の心配だけしていればいい。お前がいるのは、天才が死に物狂いの努力をして、ようやく生き残れる世界だってことを忘れるなよ」

初めて重版が掛かったのは、四作目のことだった。岩田は赤坂《あかさか》の高級割烹《かっぽう》へ案内してくれた。二人で祝杯《しゅくはい》を挙げたあの晩は、いまも島津にとって生涯最良の日の一つとして記憶されている。

　重版が掛かるたびに、執筆依頼の編集者の列も長くなった。島津は会社を辞めた。岩田は「武者修行してこい」と、他社との仕事にも快く送り出してくれた。

　ところが、専業作家になればさぞかし筆が捗《はかど》るだろう、という期待はあっさり裏切られた。当初は一日五枚書くのがやっとだった。半年のあいだ家に閉じこもり、母がつくる三度の飯だけを口にして机に向かった。

　初めて他社から出した本は、黙殺《もくさつ》を以《もっ》て報いられた。売り上げはさっぱりで、書評も一つも載《の》らない。次の作品も同じだった。島津は洗礼に堪《た》えきれず、軽いノイローゼに陥《おちい》った。会社を辞めたのは早計《そうけい》だったと悔いた。

　そんなある日、岩田がだしぬけに大井町の寓居《ぐうきょ》を訪ねてきた。

「なんだい、青っぴしょれた顔して。呑みに行くぞ」

「勘弁《かんべん》してよ、岩さん。いまそんな気分じゃないんだ」

「お前ね、作家の値打ちはなんで決まると思ってるんだ？」

　この質問には、胃のあたりがキリキリした。一発屋、三文文士、初版止まり作家。そんな言葉と日々格闘《かくとう》していたのだ。

「俺は、他人の本音に接した数で決まると思う。だから物書きは酒場に精勤《せいきん》するんじゃないか。ほら、さっさと支度しろ」

島津は苦笑して靴をはいた。島津の現状を伝え聞いた岩田がわざわざ誘いに来てくれたことは明らかだった。

この日を境に——といっては大げさだが——島津の筆は次第にほぐれていった。一日十枚書けるようになるのに、そう時間は掛からなかった。

岩田は時おり電話をくれた。決まって与太話《よたばなし》をしたあと、「どうだい調子は」と訊ねてくる。

「あのね、岩さん。おれ最近ひとつ開眼《かいがん》したと思う。小説の骨法が少しわかった気がするんだ」

「ほう。どういうことだい？」

「キャラクターの一人が動き出すことが肝心なんだ。すべてはそこから始まる。自分の好きな人間や知り尽くした人間だと、動き出すのも早い。そして一人が動き出せば、すべてが動き出す。ほかの人間もストーリーも、全部が躍《おど》り出すんだ。おれ、勘違いしてたよ。小説はストーリーよりも、人間を書くことが先決なんだね」

「おめでとう！　今日という日が、作家・島津正臣の本当の生誕日だな」

これは、それまで聞いたどんな祝辞よりも嬉しかった。

「しかし、お前の言う通りだね。作家は嘘をついて作品に生命の息吹《いぶき》をふきこむのが仕事だもんな」

「嘘ってあんまりじゃない？　せめて根も葉もある嘘と言ってよ」

「根も葉もある嘘か。なるほどな」

この気づきは島津にとって確かな踏み台となった。島津作品のキャラクターたちは、一定の助走期間を経ると勝手に喋《しゃべ》りだし、殴り合い、抱き合った。それまでの苦吟《くぎん》が嘘のように、筆が進んだ。中堅の書き手に与えられる文学賞にもノミネートされた。

やがて銀座で飲むことをおぼえた。飲み代は各出版社がもってくれた。まだ景気のいい時代だったし、「流行作家候補」という肩書もそれなりのステータスがあったようだ。島津は何人かのクラブホステスと付き合った。中には情け深い女もいて、こちらに感情を入れ込んでくるのがわかると、島津は決まって母親の話をもちだした。

島津は妾腹《めかけばら》だった。木曜日だけやって来る「父」は、不動産業で財を成した人物である。島津は外国の高級家具に囲まれて育ち、小学校にあがると家庭教師をつけられた。

ところが十二歳のとき彼が亡くなると、遺言《ゆいごん》はなく、したがって財産分与もなかった。母子は貧窮《ひんきゅう》生活へと落ちていった。島津が苦学の末に私大を卒業することができたのは、食堂とクリーニング店を掛け持ちする母のお陰だった。その母は、体が弱い。

「だから、結婚するつもりはないのさ」

こう言うと、やがて女たちは離れていった。島津は離れていくに任せた。

作家になり八年が過ぎたころ、シリーズものの売り上げに翳《かげ》りが見えてきた。島津自身も経年劣化を感じていたとき、二つの申し出があった。

一つは、そのころ付き合っていた北陸出身のクラブの女が「わたしがお母さんの面倒をみてもいいわ」と宣言したこと。もう一つが「歴史ジャンルを開拓《かいたく》しよう」という岩田からの提案。

島津は申し出を吟味《ぎんみ》するために母と温泉へ出かけ、古代ヒノキの浴槽《よくそう》に浸《つ》かりながら、この八年をふりかえった。

いつのまにか「先生」と呼ばれることに慣れた。本屋へ行けばズラリと自著が並ぶ。毎日のように編集者が訪ねてくる。要するに、勝ち星の計算できる先発投手として各出版社に登録されたのだ。その地位を築くための八年間だったと言ってもいい。

——でき過ぎだよ。

ばしゃんと湯で顔を洗うと、岩田の顔が思い浮かび、思わず苦笑が漏れた。

——わかってるって、岩さん。うかうかしていたら、すぐにでもこの地位を失うと言いたいんだろ。

天才が懸命の努力をしてようやく生き残れるという岩田のアドバイスは、片時も頭を離れたことはなかった。そして自分が天才でないことは、自分がいちばんよく知っている。

——そろそろ身を固めて、次のステージへ踏み出すべき時期なのかもしれないな。

まずは母へ探りを入れてみようと思ったとき、仲居が浴場へ駆け込んできた。

「高村さま！　高村さまはいらっしゃいますか？　お母さまが！」

島津は腰にタオルを巻いたまま、女風呂の脱衣所へ駆け込んだ。

母が床の上に寝かされていた。

「脳溢血《のういっけつ》でしょう」

宿の主人がつぶやいた。急な寒暖差にやられる年寄が多いのだという。

母は救急車で運ばれ、付き添いの島津は病院のベンチでしばらく待たされた。真冬のことで、湯冷めした躰《からだ》に寒さが射し込んでくる。やがて医師が出てきて、

「大事には及びません。ただし後遺症《こういしょう》は残るでしょう」

とだけ告げ、また治療室へ戻っていった。

――これは、何かの暗示だ。

そんな気がしてならなかった。いま自分は、何かを決断すべき瞬間《とき》にさしかかっているのだ。島津は暗い廊下《ろうか》に目を落とし、歯をカタカタ鳴らしながら答えを探った。

しばらくして肚《はら》が決まると、公衆電話へ向かい、女に告げた。

「別れよう。もう会わない」

次に岩田へ電話を入れた。

「歴史小説の書き方を教えてください」

受話器を置くと、ぶるっと震えがきた。それが寒さによるものなのか、武者震《むしゃぶる》いなのか

は、自分でもわからなかった。

二兎《にと》を追う者は一兎《いっと》をも得ず――。

島津は歴史ジャンルの開拓に、当面の人生のテーマをしぼった。やがて岩田から陸続《りくぞく》と資料が届いた。まさか関ケ原を題材に択《えら》ぶとは思いも寄らなかったが、「どうせならど真ん中で勝負しよう」という提案には賛成だった。

歴史の素養《そよう》のない自分の作品を、専門家は嗤《わら》うだろう。だが、小説は人間を書くものだという信念に揺らぎはなかった。そして男の群像を描《えが》くことには、いささか自信がある。

母は手足の麻痺《まひ》と、舌のもつれが遺《のこ》った。島津はリハビリテーションに寄《よ》り添《そ》いながらも、資料の読み込みを始めた。あの時期を思い返すと、途切れがちな静止フィルムを見るように、断片ばかりが浮かんでくる。

朝から晩まで資料を読んでいたこと。

二ヶ月が過ぎたころ、「書ける」と拳《こぶし》を握《にぎ》りしめたこと。

資料をひっくり返しては書き、書いては資料をひっくり返していたこと。

ゲラに何度も赤字を入れたこと。

ようやく本が出たときは、中身を搾《しぼ》り取られたチューブのようになっていたこと。

そして、あの事件が起きた。

作家・島津正臣の時間は止まった。永遠に消えない〝盗作作家〟の烙印《らくいん》を捺《お》されたのだ。

「済まない。すべて俺の責任だ」

土下座する岩田に、「やめてよ、岩さん」と声を掛けるのも億劫《おっくう》で、岩田の首の裏あたりをぼんやりと眺めていた。

回収騒ぎはいくつかの新聞で取り上げられた。会社は記者会見をセッティングしようとしたが、岩田が「これ以上島津を晒《さら》し者にしてはならない」と制止《せいし》したという。結局、文書を出すにとどまった。編集者たちは潮《しお》が引くように一斉《いっせい》に去っていった。

島津は蒸発《じょうはつ》した。

といっても、三泊から一週間の一人旅をくり返したに過ぎない。

使う暇がなかったので貯《たくわ》えはあった。家政婦に母の世話をしてもらい、旅先から毎晩電話を入れた。温泉に浸かってごろごろ寝て過ごしていると、時おりあの八行のことが思い出された。じつは島津にとって不可思議だったのは、

「あの八行をそっくり書きつけることができた」

ということだった。いちど文庫本で読み、「よく書けてるな」と傍線《ぼうせん》を引いたに過ぎない。そんな傍線なら何万本と引いてきた。

事件からしばらく経って、島津は「剽窃」してしまった大家へ長いお詫《わ》びの手紙を書いた。すぐに丁寧《ていねい》な返信がきた。そこには「言い訳めくが、親しい文化部の記者にオフレコで話したつもりが、なぜか社会部に伝わり」うんぬんとあった。謝《あやま》ったつもりが逆に謝ら

れてしまい、島津は恐縮《きょうしゅく》した。

やがて島津本人にとっても、事件は風化してきた。風の便りで岩田の左遷《させん》を知ったときも、遠い親戚の消息を聞くような感じしか持てなかった。事件の生々しさを島津に思い知らせることがあるとすれば、ただ一つ、「注文がない」という事実だけだった。

旅に流れる生活が二年ほど続いたある日、家政婦から宿に電話が入った。

「お母さまが救急車で運ばれました！」

今度は脳梗塞《のうこうそく》だった。病院へ駆けつけると母は半死半生の状態で、今度こそ重篤《じゅうとく》な後遺症を覚悟した。ここに来て、後半生の設計図を引き直さねばならないことは明らかだった。

思えば島津の一生は、裕福《ゆうふく》な暮らしで幕を開けた。「父」の死後は母子ともに辛酸《しんさん》をなめた。作家になって持ち上げられたと思いきや、こうしてまた奈落《ならく》の底に叩きつけられている。禍福《かふく》は糾《あざな》える縄《なわ》の如《ごと》しというが、人生の帳尻《ちょうじり》はどこかで釣《つ》り合っているのかもしれない。母が退院したら介護《かいご》につきっきりとなり、やがて金も尽きるだろう。

——死ぬか、お袋と。

毎日そんなことを考えていたとき、マドロス書房の三宅から手紙が届いた。官能小説の執筆は気が進まなかったが、事件以来、編集者がコンタクトを取ってくるのは初めてのことだ。島津は三宅の来訪をそれなりに心待ちにした。

やって来たのは、三十そこそこの悲しげな顔つきをした青年だった。

「お茶、どうぞ」

「はあ……。申し訳ありません」

のんびりした性格なのか、それとも緊張しているのか、一見では判《わか》りかねた。

「で、用件というのは？」

「先生にご執筆頂けたら、と思いまして」

そう言ったきり三宅は黙り込んでしまった。その後もぽつりぽつりと話すだけで、いっこうに要領《ようりょう》を得ない。

――ははぁ。さては上司に命じられたか。いわくつきの作家に一度当たってみろと。度胸試《どきょうだめ》しに使われたことに心中苦《にが》いものが走ったが、

「三宅くんはいつからマドロス書房に勤めているんだい？」

と鷹揚《おうよう》をよそおって訊ねた。

「二ヶ月前です」

「それまでは？」

「小学校の教師をしておりました」

「へえ？　なんだってまた――」

「えーと、公務員や教師には、わりとうちの愛読者が多いと聞きました」

「君もそうだったの？」

「いや、愛読者というほどでは……」

「それにしても、思い切った転職をしたものだね」

「はあ、そうでしょうか」

「失礼だが、ご結婚は？」

「してます。妻も小学校の教員です」

「奥さんは何も言わなかったの？」

「私が学校に残って将来の読者を育てるから、あなたは大人の世界で頑張《がんば》って来なさい、と」

「理解のある奥さんだね。で、なんで僕に依頼してくれたんだろう？」

お互いが気まずくならないようにうまく答えてくれよ、と島津は念じた。

「じつは私、先生のハードボイルド作品の愛読者だったんです」

もの足りない答えだったが、相手のキャリアを思えば仕方ない。

「僕は官能小説を読んだことがないんだ。つまりあれは、どう書けばいいんだね？」

「それはですね――」

三宅は大きく目を見開き、そして小さな声で言った。「僕にもわかりません」

「なにっ⁉」

僕にもわかりません？　僕にもわかりませんだと？

島津は笑いがこみ上げてきた。それは次第に大きくなり、やがてごほごほと咽《むせ》た。

「先生、大丈夫ですか？」

「ああ、大丈夫だ。こんなに笑ったのは久しぶりだよ」

「申し訳ありません」

「あのね、三宅くん。じつはいま、お袋の調子が悪いんだ。近いうちに空気がよくて、リハビリ施設に近いところへ引っ越そうと思ってる。それが一段落したらこちらから連絡するから、そのときまで待ってくれないかな」

三宅は目を輝《かがや》かせたが、すぐに悲しそうな顔つきに戻った。ていのいい断り文句と判断したのかもしれない。三宅が去ると、島津は「お袋と死のう」などと考えていたことが馬鹿らしく思えてきた。

——お袋を看取《みと》るまでは、官能小説でもなんでも書いて食いつなごうじゃないか。世の中には小学校の教員の座をなげうってまで、官能小説の編集者になりたいという男だっているんだからな。

島津は青梅へ引っ越した。

母の介護にも慣れた頃、三宅に連絡を入れた。訪問からちょうど一年が経っていた。島津は新しいペンネームと、すっかり出来上がった一作目の構想を土産《みやげ》に持たせた。

島津は官能作家・尾藤陸《びとうりく》として生き直しを始めた。

母を施設に入れたのはその二年後のことだった。施設への支払いのために月イチで書き下ろすようになったのもその頃の話だ。

尾藤作品の情景描写《じょうけいびょうしゃ》や心理模様は、あきらかに他の官能作家の一枚上をいっていた。それなりの固定ファンがつくと、読者に報《むく》いたい気持ちと、支払いをショートさせたくない一心で書きまくった。

そして五十歳を迎えたとき、昭和の疑獄《ぎごく》事件に材をとったノンフィクション作品に取り掛かったのである。島津は四十代を三宅に救われたと感じていたので気が咎《とが》めたが、

――ラストチャンスじゃないか。ここでひと花咲《さ》かせないでどうする。

とおのれを鼓舞《こぶ》した。

島津は出来上がった原稿を持ち、出版社を訪ねて回った。旧知の編集者はすでに現場を上がるか、定年するかしていた。

「営業が『このテーマでは売り伸ばしが難しい』と言っております」

「うちはいま、ノンフィクション縮小路線でして」

「こういう硬派な作品でしたら、K社やB社を当たられてはいかがでしょう?」

断られるたび、岩田の顔が浮かんだ。もし岩田が現役だったら、刊行に尽力《じんりょく》してくれただろう。いまごろは定年して、悠々自適《ゆうゆうじてき》の暮らしを送っているはず……。

結局ノンフィクション作品は、七社目にあたった京都の小さな出版社が出してくれたが、

反応は一つもなかった。島津はいっそサバサバした気持ちになり、尾藤陸へと舞い戻ったのだった。

三宅が原稿を持ち帰った翌日は、島津にとって数少ない休筆日である。朝から母の施設へ持っていく着替えをバッグに詰めていると、玄関のチャイムが鳴った。

「はて、宅配便か？」

と思って開けると、三宅が悲しそうな顔をして立っていた。

「先生、朝早くからすみません」

「どうしたい？」

「これをお母さまにと思いまして」

三宅がデパートの紙袋を差し出した。「きのう、ちゃんちゃんこをお母さまにと仰られたものですから」

「わざわざ届けに来てくれたの？　まあ上がってくれよ」

三宅の厚意が身に染《し》みたとき、うしろからひょっこり顔がのぞいた。

「岩さん⁉」

「やっ。朝早くから済まん。きのう三宅さんとちょっと話したもんでね」

二人を家にあげ、茶を淹れているあいだ、島津は気分が高揚《こうよう》しているのを感じた。どんなかたちであれ、編集者の来訪は嬉しいものだ。

「順を追って説明しますと」

と三宅が言った。「そもそも初めにつないでくれたのは『沙を梨』のママさんでした。私はママさんから岩田さんやイシマル書房のことを伺《うかが》っていたのです。それで昨日、ここからの帰りに東京駅でお母さまのちゃんちゃんこを買って店に顔を出したところ――」

「岩さんがいたの？」

「いえ。ママさんが電話を入れたら、わざわざ来てくださいまして。ふたりで飲んだ次第です」

「その流れで、こうして青梅までピクニックか。あいかわらずフットワークの軽い人たちだね」

「聞いたら、きょう島津のとこに行くって言うだろ。先日はほかの人間がいてお前に謝れなかったから、いい機会だと思ってな。島津、あのときは済まなかった。俺のやったことは万死《ばんし》に値《あたい》する」

「やめてよ」

島津はにやにやしながら手を振った。

「俺、あれからまた考えてみたんだ」と岩田が言った。

「何を？」

「やっぱりお前は歴史小説を書くべきじゃないかな、って。もし俺の存在がネックだというなら身を退《ひ》くから、受けてやってくれないか」

「それは見当違いというものだよ、岩さん」

「生き延びる。これがイシマル書房のスローガンなんだ。彼は――石丸くんは、とても真摯《しんし》に生きている」

「わかるよ。彼には悪いことしたな、と思っていたんだ」

嘘ではなかった。島津は先日の対応を悔《く》いていた。「でも年に五冊なんて言うから、ついカッとしちゃってね」

「あれも俺が吹き込んだんだよ。それはともかくさ」

と岩田はお茶を一口飲んだ。「俺はあの事件のあと、心のどこかで余生感《よせいかん》が抜《ぬ》けなかった。みっともない姿を晒《さら》しながら生き永らえている、という気持ちを払拭《ふっしょく》できなかったんだ。でも石丸くんと出会って、ちょっと変わった。彼の現状把握《げんじょうはあく》は正しい。今はまさしく、生き延びる時代じゃないか」

「しんどいね。まるで殿戦《しんがりせん》の気分だ」

「時代なんだよ。いまは生き延びることが、すなわち勝利を意味するんだ。俺たちはいい時代も知っているからいいようなものの、いまの若い人たちはちょっと不憫《ふびん》だね」

岩田が書斎のVシネのポスターにちらりと目を止めた。見られた、と島津は思った。

「でもお前は違うよな。こうして三宅さんと縁を結んで、二十年間、ちゃんと戦ってきたんだもん」

島津が曖昧《あいまい》にうなずくと、

「それではどうでしょう、岩田さん」

と三宅が口を開いた。「たしかに先生は二十年間、一行たりとも手を抜きませんでした。でも、だからこそ私は、先生にもっと普遍的《ふへんてき》な作品を書いて欲しいと思うようになったんです」

「島津は、どうなの？」

「うん……。三宅くんを前にして言うのは悪いけど、この二十年、どうしてほかの版元は俺に書かせてくれないんだろう、とは思ってきました。実感から言えば、生き永らえるでも生き延びるでもなく、食いつなぐに近かったかな。気を悪くしないでくれよ、三宅くん」

「もちろんです。うちの会社もいまは食いつなぐのに汲々《きゅうきゅう》としておりますから……。ところで私は最近、ある編集者の回想録を読みました。そこにこんな一文があったんです。『作家には、書けるものではなくて、書くべきものを書かなくてはいけない時期がある』。先生はまさしく今が、その時期なのではないでしょうか。これまでのことは、この時のためにあったと考えることはできませんか」

三宅の言葉を受け止めて、島津は目をつむった。

これはいつか来た道だ、と思った。記憶《きおく》の彼方《かなた》に自分の姿をさぐる。そうだ、あれは母が運び込まれた温泉街の病院。暗いベンチでカタカタ歯を鳴らしながら、運命と対峙《たいじ》する自分がいた。

島津は目をつむったまま、何かがじわじわと胸を浸《ひた》してくるのを待った。

「三宅くん──」

島津が目を開いた。三宅の悲しそうな顔に、ちらりと畏《おそ》れが浮かんだ。教師に怒られるのか褒《ほ》められるのかわかっていない少年の表情だ。

「俺は、思い上がっていたのかもしれないな」

「と申しますと？」

「自分の運命は、自分でどうにかできるものだと思っていた。少なくとも、自分で対処できるものだとな。だが、いまの君の一言でそうじゃないんだと教えられたよ」

「すみません。教えた方が意味を取りかねています」

「つまり、君の言う通りだということさ。運命は向こうからやって来るんだね、誰かの姿を借りて。いま、ノックの音を聞いたよ。叩いたのは君だ。君は僕が思っていたより、ずっと優秀《ゆうしゅう》な編集者だったようだ。僕の人生まで編集してしまったんだからね。ところで岩さん」

「ん？」

「初めて逢ったとき、『百年後も読まれる本をつくろう』って言ったの、覚えてる？」

「もちろん」

「俺のハードボイルドは、二十年もたなかった。今はどこの本屋にも置いてない。だから今度は、少なくとも二十年は読み継《つ》がれるものにしたいね」

「えっ、じゃあ？」と岩田が眉を開いた。

「うん。俺は岩さんに世に送り出してもらい、その余禄《よろく》でこの二十年間、三宅くんに喰《く》わせてもらってきた。その恩人ふたりがこう言うんだ。やります。いや、やらせてください。ただし、三つだけお願いがある。まず五冊は長いので、せめて三巻立てにしてほしい。次に、担当《たんとう》は岩さんにお願いしたい。最後に、俺の最高傑作《けっさく》を書かせてほしい」

「島津……ありがとう」

「礼を言うのはまだ早い。書き方も忘れちまった。また歴史小説の書き方を教えてよ」

「ああ、及《およ》ばずながら最後に一仕事させてもらうよ。で、題材はどれでいくんだい？」

「古事記でいこうと思う。なにせ、千三百年読み継がれてきた物語だからね」

「お前、古事記なんて興味あったたっけ？」と岩田が首をひねった。

「やだなあ、岩さん。俺、ゴールデン街でぽつぽつ古代の話をしてたはずだよ。覚えてない？」

「うん、全然」

「たしかに岩さんはたいてい、ぐでんぐでんだったけど。いいかい。南九州は日本史上、二回天下を獲《と》ったんだ。直近《ちょっきん》が幕末の薩摩。その前が、日本開闢《かいびゃく》の天孫《てんそん》族。だから畏《おそ》れ多くも、天孫族だって俺のルーツの一つなのさ」

「蓄積《ちくせき》が、あるんだな？」

「いささかね」

「それなら文句はない。古事記で行こうじゃないか」

5

小説 古事記《こじき》
第一巻 天孫降臨《てんそんこうりん》と出雲《いずも》の国譲《くにゆず》り
第二巻 神武《じんむ》の東征《とうせい》
第三巻 倭建命《やまとたけるのみこと》と天下統一
めざせ、累計《るいけい》十五万部！

壁《かべ》の貼《は》り紙を背に石丸《いしまる》が言った。

「期限を一年に延ばしてもらうことに成功しました！」

おーっと歓声《かんせい》が上がる。会議の参加者は美代《みよ》さん、竜己《たつみ》、岩田《いわた》、絢子《あやこ》、それにスペシャルゲストの多治見《たじみ》。

「ただしCT社の社長から『期限を猶予《ゆうよ》するかわりに、なにか画期的《かっきてき》な出版スキームを考えること』という宿題を出されました」

「なんスか、それ」と竜己が訊《たず》ねた。

「製作、販売《はんばい》、宣伝。すべてにわたって、これまでのうちにないやり方を提示しろってことだ。でも、ひとまずそれは置いておこう。まず決めるべきは、いつ、どのように刊行していくかだ。たとえば半年後に第一巻を出し、以後二、三ヶ月に一冊というのはどうでしょう？」

「弱いね」岩田が即座《そくざ》に言った。

「僕《ぼく》もそう思います。では、三冊同時刊行というのは？」

「それもどうっスかね」

と竜己が言った。「正直、三冊分の平積みスペースを割《さ》いてくれる書店さんがどれくらいあるか……。初版はどれくらいですか？」

「一万ずつ刷《す》ろうと思ってる」

「一万⁉」

「うちとしては未曽有《みぞう》の大勝負だが、どうせ五万まで売り伸ばさなきゃいけないんだ。だったら初版をできるだけ刷って、製造原価を少しでも下げたい」

「現状、一万でも書店さんに全部を並べてもらうのは厳しいッス。うちと取引がある書店さんが約五百。かりに十冊ずつ引き受けてもらったとしても五千。もちろん新規開拓《しんきかいたく》はバリバリ仕掛《しか》けますけど」

「ああ。うちの本を三万並べてもらうのが難しいことは、よく判《わか》っているつもりだ。回収騒《さわ》ぎでご迷惑《めいわく》を掛けたばかりだし」

「あいだをとって、まず二冊というのはどうかな」

多治見が言うと、皆の期待に満ちた視線が注がれた。大手出版社の販売部にいたことがある人だ。これくらいの規模《きぼ》の仕掛けなら、いくつもこなしてきたはず――。

「しょっぱなが一冊じゃ、たしかに弱い。埋《う》もれてしまうだろう。でも三冊同時じゃ出るのが遅《おそ》くなるし、マンパワーも足りない。だからまずは二冊出して、様子を見ればいいんじゃないかな」

「なるほど」と石丸がうなずいた。

「どうだろう、竜己くん。社運を賭《か》けた本二冊なら、平積みＯＫの書店さんも多いんじゃない？」

「はい。三冊よりはやりやすいと思います」

「よし、決まりだ」

と石丸が言った。「初弾は二冊同時刊行。第三巻はちょっと開ける。岩田さん、原稿《げんこう》はどれくらいで上がると思います？」

「島津《しまづ》はプロ中のプロだ。奴が三巻なら一年で書けると踏《ふ》んだということは、おそらく構想に二ヶ月、執筆《しっぴつ》が一冊につき三ヶ月のつもりだろう」

「製作期間をひと月みておくと……二冊出るのが九ヶ月後か」

「間に合う？」

「幸いうちは直取引《じかとりひき》なので、書店さんは月末締《げつまつじ》めの翌月払いに応じてくれています。でも三巻分の入金が一年以内に終わるかと言うと――」

「厳しいね。とらぬ皮算用《かわざんよう》だが、増刷《ぞうさつ》にかかる日数もあるし。そこは島津と相談しながら進めよう。ノッてきたら速い奴だから、どこかでひと月くらい縮《ちぢ》められるはずだ」

石丸が「見積もりは届いた？」と美代さんに訊《たず》ねた。

美代さんは印刷所から届いたペーパーに目を落とし、

「上製本で全二百五十六ページ、一万部。これで用紙、印刷、製本代を合わせてちょうど二百万円です」

「印税その他を入れると、一冊あたりざっと四百万か。となると、定価は千六百円はつけたいところだね。並製《なみせい》だと？」

「原価が三十万円下がります」

「どっちがいいんだろう……。絢《あや》ちゃんはどう？　本を買うとき、千六百円のハードカバーと、千三百円のソフトカバーの違《ちが》いで、購入《こうにゅう》を決めることってある？」

「う～ん。たしかに千五百円を超《こ》える本を買うときは、ちょっと勇気がいるかもしれません」

「だよね。その気持ち、よく判るよ」

「でもそれは、ゴールが答えを決めることなんじゃないかな」

と多治見が言った。「売れ出したら、読者は数百円の違いなんて気にせず買ってくれると思うよ。でも版元にとってはこの二、三百円がじつに大きい。とくに増刷が掛かってからは、収益にえらく差が出てくるからね。この本のゴールは、一年で七千万をつくることでしょ？　だったら、千六百円のハードカバーで決まりじゃないかな」

「わかりました。では八ヶ月後に二冊同時刊行。初版一万部。定価は千六百円のハードカバー。これでいきます。みなさん、〝画期的な出版スキーム〟の方も、何かいいプランを思いついたら教えてください」

会議がお開きになると、絢子は岩田と資料の買い出しに出掛けた。まずは新刊書店で、古事記や古代史に関する本をかたっぱしからカゴに入れていく。次に古書店巡《めぐ》りに出て、重厚な研究書を入手。二人でふうふう言いながらオフィスまで持ち帰り、作業机に積み上げた。

「全部で四十六冊ですね」

「第一陣の資料としては充分だ。段ボール二つに仕分けよう」

一の箱には現代語訳や入門書やムックを、二の箱にはそれよりも専門的なものを詰めた。集荷人《しゅうかにん》が伝票を残して立ち去ったときには、日が暮れていた。

「よし、上がろう。ビール一杯《いっぱい》だけ飲んでいく？」

「賛成！」

と絢子は飛びついた。汗と古本のほこりで、体がぱさぱさに感じられて仕方ない。

すずらん通りの裏路地にあるミロンガは、レトロな木目調が素敵《すてき》な喫茶店《きっさてん》だ。世界中のビールが置いてあり、岩田に倣《なら》って絢子もベルギービールを注文した。

「お疲れさま。資料探しって、けっこう腰《こし》にくるだろ」

「はい、案外きますね」

と絢子は腰のあたりを押さえた。控《ひか》えめに乾杯して一口飲むと、きめ細かな泡《あわ》が咽喉《のど》もとを通り過ぎて、全身を潤《うるお》していった。

「とりあえず仕込みは終わったな。島津の原稿が上がってくるまで、われわれも古事記の勉強をしておこう」

そうですね、と絢子は微笑《ほほえ》んだが、それなら週末に五冊ほど読んだ。

「ほかにやっておくべきことってありますか？」

「ない」

岩田が言下に答えた。

「編集者の役割って産婆《さんば》に喩《たと》えられることが多いけど、言《い》い得《え》て妙《みょう》だな。いま島津は胸中に作品の種子を孕《はら》んだ。あとはそこに手足が生え、目鼻だちが整ってくるのを待つんだ。出産スケジュールを横目で睨《にら》みつつね。もちろん定期健診はおこなうよ。作品が逆子《さかご》になってないか。作家がマタニティ・ブルーになってないか。おりおりに診《み》ていく」

「なるほど」

「でも僕らの本当の仕事は、臨月《りんげつ》に入ったあたりから始まるんだ。一緒に産みの苦しみを味わいながらも、生まれてくる子どものために清潔《せいけつ》な産着《うぶぎ》を用意し、湯を沸《わ》かす。タイトルやカバー、販売、宣伝のことだね」

「まさしく産婆ですね」

「ね？　こんなにしっくりくる比喩《ひゆ》も珍《めずら》しいでしょ。でもあれだな。島津は手書きだから、五十枚ずつ受け取りに行こうか。青梅は近いから僕が取ってくるよ」

「でも石丸さんにタイピングを仰《おお》せつかっているので、わたしも行きます。というか、行かせてください。わたし田舎《いなか》育ちだから、ああいう空の広いところに行くとホッとするんです」

「信州《しんしゅう》の上田《うえだ》だったね。お父さんは何をしてるの？」

「印刷屋です。祖父は活字工《かつじこう》だったんですが、もうかなり昔に畳《たた》んで、いまは父の工場《こうば》を手伝っています」

「活字工？」

岩田が目を瞠《みは》った。「なつかしいなァ。俺なんかいまだに活版《かっぱん》の字組《じぐみ》がいちばん美しいと思ってるよ」

「祖父が聞いたら泣いて喜びます」

「もう全然拾《ひろ》ってないの？」

「はい。ときどき名刺《めいし》の仕事が舞い込んで、ちょっと活字を拾うことはあるみたいですが。

……そういえば今日の会議のことで、ひとつ伺《うかが》ってもよろしいですか？」

「もちろん」

「石丸さんは初版一万部と言っていましたが、なぜ五万部じゃないんですか。やはり返品リスクとか資金の問題でしょうか？」

「うん、資金の問題だな。二冊あわせて十万スタートなんて、今どきありえないよ。とくにイシマル書房の規模ならね。印刷代だけでもゆうに一千万を超《こ》えるだろう。本は刷ったからといってすぐに売れるわけじゃないし、倉庫代もバカにならない」

「岩田さんは今回のプロジェクト、うまく行くと思いますか？」

「うーん……。もう一杯もらおうかな」

岩田はビールを注文してから、「正直言って自信はないな」と言った。

「なぜならいまは『売れてもおかしくない本』と、『売れなくても全然おかしくない本』の二種類しかない時代になっちゃったからね」

売れてもおかしくない本と、売れなくても全然おかしくない本。絢子は頭の中で反芻《はんすう》し、たしかにその通りだと思った。

「昔は違《ちが》ったんですか？」

「うん。『絶対売れる本』と『そこそこ売れるに違いない本』の二つが、今より断然多かった。僕らはそれで食わせてきてもらったようなものだ」

「もうひとつ伺ってもいいですか？」

「どうぞ」

「画期的な出版スキームって言ってましたけど、あれ、どういうことですか？　わたし、ぜんぜんイメージが摑《つか》めなくて」

「僕もだよ」

岩田は苦笑いした。

「外の人間は、すぐにああいうことを言いたがるものさ。だけど日本の出版スキームは、戦前戦後を通じて磨《みが》き上げられてきたものだ。古くなってきてるとはいえ、世界的に見ても稀有《けう》なものだよ。発売日に、同じ定価の本や雑誌が津々浦々《つつうらうら》に並ぶんだから。それに僕なんかから見れば、石丸さんが直販というインデペンデントな手法に取り組んでるだけで、画期的に見えるけどね。さて、もう一杯だけ飲んで帰ろうか」

その後しばらく、岩田はオフィスに顔を見せなかった。

絢子は書店さんからの注文をさばき、デザイナーや印刷所のもとへ使い走りをし、古事記について勉強する日々が続いた。

『里山の多様性《ダイバーシティ》』はすべて回収が終わり、断裁《だんさい》に回された。中古品を扱《あつか》うアマゾンのマーケットプレイスで定価よりも高値がついているのは、皮肉というほかなかった。

そんなある朝、絢子は会社のメールを開き、三秒ほど息をするのも忘れた。

件名：CTカンパニーの小暮《こぐれ》です

お仕事には慣れましたか。ちょっと内密《ないみつ》に（というほどではないのですが）、イシマル書房の活動内容や、改革案について、ヒアリングしたいことがあります。

今週の金曜、夜8時頃《ごろ》、どこかでお目に掛《か》かれませんか。べつにあれこれ詮索《せんさく》するつもりはございません（笑）。ざっくばらんにお話を聞かせてください。念のため、各位にはご内密に願います。

絢子は目の前で伝票精算をしている美代さんを窺《うかが》った。「ご内密に」とあるが本当だろうか。美代さんは、いまわたしがメールを読んでいることすら知っているのでは？　あいにくというべきか、金曜の夜は空《あ》いていた。立場上、断れないことはわかっている。だがすぐにOKを出したのでは喜んでいると勘違《かんちが》いされかねないので、絢子はしばらく返事を寝《ね》かせることにした。

絢子は早めにランチに出て、丸香《まるか》でコシのあるうどんを食べながら、二人を見かけた晩のことを思い返した。

あれは初めて島津を訪ねた日のことで、美代さんはいつもよりきちんとした格好《かっこう》をしていた。てっきり企画の必勝祈願のためかと思ったが、夜のデートのためだったのだ。オフイスでは決して見せない女の相貌《カオ》で、小暮の肩を親しげに叩《たた》いた。

絢子は熱海《あたみ》で見た美代さんの裸体《らたい》を思い出した。シミひとつない滑《なめ》らかな肌。かたちのいい小ぶりな乳房《ちぶさ》。引き締まった尻《しり》。ぺたんこな腹。女から見ても惚《ほ》れぼれするくらい熟《う》れた肢体《したい》だった。

絢子がつゆを飲み干してオフィスへ戻《もど》ると、

「早かったね、わたしも出てきていい？」

と美代さんが言った。

「もちろん。どうぞどうぞ」

絢子は美代さんが出ていくのを待って返事を打った。


承知いたしました。

うまく答えられるか分かりませんが、よろしくお願い致します。


返事はすぐにきた。


まあ気楽に考えてください。

僕のLINEのIDは下記です。

検索《けんさく》して何か送ってください。

以後のやりとりはLINEにて。

場所が決まったら連絡《れんらく》します。

小暮が指定してきたのは、銀座のコリドー街にあるカジュアル・ダイニングの店だった。食べログによれば予算はひとり六千円程度。写真で見る限り、席と席のあいだが広い「ちょっといいご飯屋さん」といった感じの店だ。

絢子は五分前につき、小暮の名前を告げると席に通された。週末のことで、キレイめな格好をした二十代や三十代の客が多い。絢子はスマホをいじって時間を潰《つぶ》した。このところ「あやたんぬ」の読書メーターは、古事記祭りの様相《ようそう》を呈《てい》している。

八時十分を過ぎても小暮は現れなかった。店員が通り過ぎるたびに、なにか飲み物を頼《たの》んだほうがいいかな、と思う。約束を十八分過ぎていよいよ店員の目が気になりだしたとき、

「どうもですー」

と小暮がやって来た。体に張りついた細いスーツには、いかにも「つい今しがたまで仕事してました」という空気もまとわりついている。

「あれ、まだ飲み物頼んでないの？」

小暮は座るなりメニューを開き、目を落としたまま手を挙《あ》げた。

――あ、遅《おく》れたこと謝らないんだ、この人。

小暮は店員に「ジンライム」と告げた。絢子は「ウーロン茶お願いします」と言った。今日のために用意してきた一言だ。

「えっ、お酒飲めないの？」

「はい、ちょっと」

絢子は真顔《まがお》で答えた。あまり笑顔を見せないというのも本日の作戦だ。

「飲めばいいのに」

「すこし体調が悪くて……」

これも用意してきた一言だった。小暮はすこし鼻白《はなじろ》んだように見えたが、飲み物が届くと適当に料理を注文して、

「とりあえずカンパーイ」

とグラスの半分を一気に飲み干した。

「で、どう？　仕事は慣れた？」

「はい。まだ毎日、勉強の連続ですが」

「そういう優等生発言はいいから。ぶっちゃけ、会社の雰囲気《ふんいき》はどうなの？」

「と、言いますと？」

「この前、石丸クンがうちの会社に来て『古事記を三巻出します』と言ったのは知ってるよね？」

「はい」

「僕は古事記ってよく知らないけど、うちのトップが気に入っちゃってさ。『あれは面白

い企画だ』とか言って、プラス半年の猶予《ゆうよ》を認めちゃったの。たぶん本人も、古事記なんて知らないと思う。だけどうちの社長って、そういうところがあるんだよね。天才肌《てんさいはだ》というか、即断即決というか。そもそも出版に興味をもったのも彼だし」

「そうなんですね」

絢子は控えめな相槌《あいづち》をうった。「でも画期的な出版スキームという宿題を出されたと聞きました」

「うん。石丸クンは見つけた？」

「どうでしょう。すぐには……」

「だろうね。こんなこと言うとアレだけど、出版は世界的にみても地盤沈下《じばんちんか》してて、とくに日本の出版は壊滅《かいめつ》的。それなのに無為無策《むいむさく》で旧態依然《きゅうたいいぜん》。これは僕だけの意見じゃないよ。ちょっと調べれば誰《だれ》にもわかることだよ。まあ、一つの産業が歴史的役割を終えるときは、だいたいこういう惨状を呈するんだけど」

絢子は軽くうなずいた。それは肯定《こうてい》でも否定でもなく、あなたの言い分は理解したというサインだったが、おそらく小暮には伝わっていない。

「それにあの企画、大丈夫なの？　その作家って、むかし盗作《とうさく》騒ぎを起こした人なんでしょ。ちょっと筋悪くない？　そりゃイシマル書房で村上春樹《むらかみはるき》が書いてくれないことくらい、僕にもわかるけどさ」

小暮は空《から》になったグラスを頭上でからからと振り、駆《か》けつけた店員の目も見ずに「同じもの」とグラスを差し出した。

「それに回収騒ぎもあったじゃない？　里山のなんちゃらの人。うち上場してるから、あれ洒落《しゃれ》にならないんだよね。普通ならガバナンスを問われるよ。今回はまあ、どうにかなったけど。石丸クンて経営者として『持ってない』んだと思う。これは内緒《ないしょ》だけど、彼、うちの社長に千五百万の追加出資をお願いしたんだって」

「えっ？」

「まったく図太《ずぶと》いというか、自分の置かれた立場をわかってないというか」

「おそらく古事記の印刷費じゃないでしょうか……」

絢子の語尾は自然と尻すぼみになった。

「本末転倒《ほんまつてんとう》だよね。うちの社長は『検討してみろ』って僕におろしてきたけど、はっきり言って迷惑《めいわく》でさ。僕はいくつも関連会社を見てるし、イシマル書房は『失敗した投資物件』ってことで僕の中では答えが出てるわけ。あとは損しないように、投下資金を回収したいだけなの。出口戦略《イグジット・ストラテジー》って言うんだけどね」

「それで、わたしに話というのは……」

「あ、ごめんごめん」

小暮が白い歯をちらりと覗《のぞ》かせた。

「そんなわけで、残念ながらあの会社は望《のぞ》み薄《うす》だと思う。でね、うちは飲食業界にも進出してて、その流れでＷＥＢもやろうって決まったわけ。まとめサイトとか、クーポンサイトってあるじゃない？　ああいうのをイメージしてもらうといいんだけど。その会社は僕がトップで、はじめは少数精鋭《せいえい》でいこうと思う。その立ち上げメンバーに加わって欲しいんだ」

「わたしがですか？」

「うん」

「とてもとても。わたしには無理です」

「大丈夫だって。ＷＥＢ部門と、飲食店取材部門のリーダーはもう決まってるから、まずはアシスタントから始めるつもりで。軌道《きどう》に乗ってきたら正社員登用もあるよ。あそこの会社にいたら、いつまでたっても正社員にはなれないと思うな」

「無理ですよ」

「いやいや、できるって」

「いや、ほんとにわたしなんて無理です」

謙遜《けんそん》ではなくて拒絶《きょぜつ》だと、早く気づいてほしい。

「あそこでインターンを始めたばかりで、言い出しにくいのはわかる。でも、ほんとに出版はやめといたほうがいいよ。もちろん編集のノウハウはＷＥＢでも活《い》かせるし、逆に活かしてほしい。絢ちゃんは本とか出版に興味があるみたいだから、紙でやってることを電子に移すだけって捉《とら》えればいいんじゃないかな」

うちは実家が印刷屋だから紙に愛着があるんです、とは言えなかった。言えば笑われるだろうし、笑われたらそれなりに傷つく。あと、〝絢ちゃん〟はやめてほしい。

「来て欲しいな。絢ちゃんは優秀《ゆうしゅう》だって聞いてるよ」

誰から？　美代さんから？

「まあ、ちょっと考えてみてよ。結局、自分のキャリアは自分で切《き》り拓《ひら》くしかない。変にあっちに遠慮《えんりょ》しちゃダメだよ。うちはいつでもウェルカムだけど、人が集まったら採用は終わり。そこは僕の裁量でどうにかなるけど、スピーディにジャッジして欲しい。悪いようにはしないから」

小暮は三杯目をおかわりしたのを機に、スカウトの話を終えた。そして自分の留学時代の話や、いま手掛けている仕事について語り始めた。

東海岸のアイビー・リーグの話も、WEBベンチャーの話も、絢子にとっては全く未知の世界の話だった。小暮は巧《たく》みに話題を選択し、時にユーモアと身振《みぶ》りを交えて語った。気がつけば絢子は「本日の作戦」も忘れ、何度か声をあげて笑ってしまった。

やがて聞き疲《づか》れして手洗いに立った。

戻っていくと、会計を済ませた小暮が「行こうか」と席を立った。

絢子は店の外に出たところで「ごちそうさまでした」と丁寧《ていねい》に頭を下げた。週末のコリドー街は、人々の楽しそうな声がひっきりなしに通り過ぎていく。

「もう一杯行こうよ」

「いいえ、ちょっと」と絢子は眉間《みけん》にしわを寄せた。

「いいじゃん。ワイン一杯だけ」

「すみません。本当に体調が悪くて……」

「そっか。じゃあこれタクシー代」

と小暮は財布《さいふ》を取り出し、絢子に一万円札を握《にぎ》らせた。

「そんな。いいですいいです」

突《つ》き返《かえ》そうとする絢子に、

「いいから！」

と小暮はうんざりしたように語気を強めた。絢子はあきらめた。

小暮は満足気に微笑《ほほえ》み、

「こんどは仕事抜きで美味《おい》しいものを食べに行こうね」

と絢子の髪《かみ》を撫《な》でた。そのまま肩や二の腕《うで》も触られた気がする。「じゃあ返事待ってるからね」と言って小暮は立ち去った。

絢子は銀座駅から地下鉄に乗った。つり革に摑《つか》まると、ふつふつと悔《くや》しさが込みあげてきた。二十分近く待たされたことも、古事記の企画を馬鹿《ばか》にされたことも悔しかった。正社員をエサに誘われたことも、小暮の話に笑い声をあげてしまったことも悔しかった。お金を握らされたことはどこか屈辱《くつじょく》だったし、髪を撫でられたことは悔しいというよりも気持ち悪かった。

週明け、小暮からＬＩＮＥが入った。「考えてくれましたか？　来月から実験的にローンチすることに決まりました。ぜひ加わってください」。絢子はすぐに「ローンチとは」とネットで検索した。

ローンチ【英】launch

新しい商品やサービスを世に送り出すこと。立ち上げ。開始。

どこか間の抜けた語感に苦笑しつつ、絢子は返信を打った。「お誘い下さったのは有り難《がた》いですが、やはり辞退させて頂きたく存じます」。小暮からの返事は「とりあえず了解《あ》。様子を見ましょう。それとは別に、またご飯でも！」。

なんなのこれ……。「様子を見ましょう」の主語は？　目的語は？　絢子はやり取りそのものに情熱を失った。

ため息をついて、卓上カレンダーに目をやる。

——そろそろ新学期の季節か……。

島津の原稿は進んでいるだろうか。GW中はバイト代が出ないから、節約しないといけないな。次に誘われたらなんと言って断ろう。そんなことを考えていたら、

「絢ちゃん、週末にご飯いかない？」

と美代さんがスマホを見ながら言った。

「あっ、はい――」

答えてから頭の中でスケジュール帖《ちょう》を繰《く》った。何も入ってない。

「突然《とつぜん》ごめんね。タイ料理なんてどう？」

「嬉《うれ》しい。大好きです」

「じゃあ金曜に予約入れとくね。すぐ近くだから」

美代さんに食事に誘われるのは初めてだった。なぜこのタイミングなのだろう。

――やっぱりこの二人って、示し合わせてる？

絢子の勧誘《かんゆう》に失敗した小暮が、いま美代さんへＬＩＮＥを入れて、それを見た美代さんが……と考えたが、すぐに馬鹿らしくなった。インターンの小娘《こむすめ》をからかうほど二人も暇《ひま》ではあるまい。絢子は「ムダムダムダ！」と自分に言い聞かせた。

とにもかくにも、週末はタイ料理だ。絢子がご褒美《ほうび》を目の前にぶらさげて雑用《ざつよう》に邁進《まいしん》していた水曜日、岩田がひょっこりオフィスに姿を現した。手には、革の剝《は》げたアタッシェ

ケースをぶら下げている。

「上がったよ、冒頭の三十枚。今朝いきなり島津から電話があって、預かってきたんだ」

岩田は宝石を披露《ひろう》するセールスマンのような手つきで原稿を取り出し、

「ほら、持ってごらん」

と絢子に封筒《ふうとう》を手渡した。

「ずしりとくるだろ」

まさしく、と絢子はうなずいた。

「魂《たましい》の入った原稿は、持ち重りがするんだ」

「見てもいいですか?」

「もちろん」

封筒から原稿を取り出すと、濃紺《のうこん》のインキが目に飛び込んできた。すでに古色蒼然《こしょくそうぜん》とした風格《ふうかく》を漂《ただよ》わせている。

「それ、いま打ってくれるかな。読みづらい字もあるだろうから、教えとくよ」

「かしこまりました」

「あ、先にコピー取ってね」

「はい」

絢子はコピーを取って、タイピングを始めた。

冒頭《ぼうとう》は次のように始まっていた。

はるか古代、中国の長江《ちょうこう》下流域に、漁労《ぎょろう》をなりわいとする一族があった。

彼らは生まれた瞬間《しゅんかん》から、舟《ふね》をゆりかごとして育った。年頃《としごろ》になると全身に刺青《いれずみ》をほどこす。これを黥面文身《げいめんぶんしん》という。抜歯《ばっし》の風習もあったらしい。背丈《せたけ》は、低い。

酒と祀《まつ》りを愛し、綺麗《きれい》好きで、年長者をうやまった。平素はおだやかに暮らしていたが、いったんほかの部族と争いがおこれば、しなやかな体軀《たいく》をおどらせて剽悍《ひょうかん》に戦った。

やがて稲《イネ》という旨《うま》い植物が、そこらじゅうに自生していることに気づいた。温暖な気候と、ふんだんな真水さえあれば、さほど手を掛けずともよく育つ。漁労に、稲の栽培《さいばい》という生計《たつき》が加わった。

彼らは八百万《やおよろず》の神を崇《あが》めていたが、とりわけ水辺の神に親しみをおぼえていた。川や海や、森のじめじめした沼沢《しょうたく》に好んで棲《す》まう神々である。しかし稲が主食の地位に近づくにつれ、恵《めぐ》みをもたらしてくれる太陽神を大切に祀るようになった。

歴史の跫音《あしおと》が聞こえてきた。

人びとは次第に、クニという単位に纏《まと》められていった。彼らのムラも例外ではなく、呉《ご》と称《しよう》する国に組み込まれた。

やがて干戈《かんか》の音が絶えない春秋《しゆんじゆう》戦国《せんごく》時代に入り、彼らの国は滅《ほろ》ぼされた。

――坑《あなうめ》にされるか、一生を奴婢《ぬひ》として過ごすか。

敵が迫っていた。一族の巫女《みこ》が卜占《ぼくせん》をたてると、すぐに神がかりとなり、神託《しんたく》がくだった。

「東へ、行け」

大陸には古くから、「東方に神仙《しんせん》の暮らす桃源郷《とうげんきよう》がある」という言い伝えがある。彼らは海に舟を浮かべ、ボートピープルとなった。積み込んだのは稲の種、農具、わずかな家財道具、飲料水、鶏《にわとり》や犬。家畜《かちく》は飢《う》えたとき、潰して食べることができる。

――残るも地獄《じごく》、行くも地獄。いざ！

彼らは東の新天地をめざした。航海の途中、強風ではぐれた舟があった。海流に乗り損ねた舟もある。しかし主力船団は季節風をうけて東シナ海を突っ切り、九州の西岸に到達《とうたつ》した。漂着《ひようちやく》した、といったほうが、彼らの実感に近かったかもしれない。老若男女、ことごとく痩《や》せ細っていた。

この集団を見つけた先住民の首長が、

「お前らは、だれだ」

と問うた。首長は浅黒い肌に、眠たげな二重まぶた、彫《ほ》りの深い顔だちをしている。

あきらかに南方の海洋民だ。

彼らは答えた。

「われわれは、アマだ」あるいは「アメだ」と。

祖国で使われていた文字をあてるなら、「海」かもしれず、「天」かもしれなかった。

彼らアマ族（あるいはアメ族）は、大陸の騒乱《そうらん》でさんざんな目に遭《あ》った。波浪《なみ》に揉《も》まれて数千里を航海してきたのは、ひとえに生き延びるためである。

しかしこの襤褸《ぼろ》をまとった流浪《るろう》の集団が、やがて大和《やまと》と呼ばれることになるこの国の、最終的な覇者《はしゃ》となるのである。


絢子はプリントアウトしたものを岩田に持って行った。

「速いね。どうだった？」

「すばらしいです」

お世辞ぬきにそう言えることが嬉しかった。よくできた映画の冒頭みたいに、一瞬で登場人物と同じ舟に乗り、感情移入できた。

「だろう？」

孫を褒《ほ》められたときのように、岩田が目を細めた。

「生き延びる、という言葉がありましたね」

「ああ。イシマル書房へのエールだ。憎《にく》いことするね。気は早いけど、これで一巻の最大の難所は乗り越えたようなものだよ」

「そうなんですか？」

「結局、文体なんだ。島津はこの作品にふさわしい文体を手に入れた。こうなると速いよ、あいつは」

「次からは――」

「そうだね。一緒に取りに行こう」

「はい。よろしくお願いします」

岩田は原稿に目を落とし、「いいよなぁ、この感じ」とふたたび目を細めた。


週末、美代さんが連れて行ってくれたのは「メナムのほとり」というタイ料理屋だった。オフィスから歩いて五分とかからない。

おちついた雰囲気の店で、席はほとんど女性客で埋まっていた。まずはシンハー・ビールで乾杯し、ヤムウンセン、パパイヤサラダ、トムヤンクンを注文する。

おなじみの調味料セットから、絢子はナンプラーを大量消費した。

「けっこう掛けるね」と美代さんが目を丸くした。

「わたし、カレー以外は全部ナンプラーベースでOKなんです」

「それじゃわたしも、いつもより多めに」

二人はヤムウンセンを口にし、「おいし～」と同時に言った。お次は辛味のきいたトムヤンクンを飲み、「くぅ～」と唸《うな》る。

「やっぱり辛《から》いものは、月イチで食べなきゃいけませんね」

「わたしは週イチでもいいくらい」

のどが渇《かわ》いた二人はビールをおかわりし、最後に店の名物だという「森のカレー」までしっかりと平らげた。

「あー、美味しかった」

「来月も来ようね」

「ぜひぜひ」

店員がお会計を持ってくると、「ここはわたしが払うね」と美代さんが言った。

「えっ、でも」

「いいの、いいの。それより、もう一杯飲んでいかない？」

「はい。それではご馳走《ちそう》さまでした」

二人は白山通りを渡り、地下のバーに入った。堅苦《かたくる》し過ぎず、カジュアル過ぎない、バーにしては照明の明るい店だった。客層も良さそうだ。カウンターに腰かけ、美代さんはモヒートを、絢子はカシス・ソーダを注文した。

「いつもご苦労さま。助かってます」

カンパイの代わりにそう言われたことが絢子は嬉しかった。

「絢ちゃんはいま、二十五歳だよね」

「はい」

「いいお年頃だな。付き合ってる人はいるの？」

「残念ながら」

「でもあれだよね。いろいろなゴールを三十歳に設定してるところだよね」

「あ、わかります？」

「わかるよ～。わたしだってついこの間までそうだったんだから——って、ちょっと図々《ずうずう》しい？」

二人は笑顔を見せ合った。

「でも二十代のころに思い描いていた夢なんて、ひとつも叶《かな》わなかったよ」

「そうなんですか？」

絢子は首を傾《かし》げた。半分は、美代さんに対する礼儀《れいぎ》のような仕草《しぐさ》だ。

「わたしもあと少しで三十五でしょ？　それでちょっと前までは焦《あせ》りまくってたんだけど、こうしてアラサーが終わりに近づくと自分の中で折り合いがつく部分もあって、それにまた焦ったりするんだよね。だんだんと怖《こわ》いものが少なくなってくることに対して焦るというか、なんというか」

「じゃあいま、美代さんがいちばん怖いものってなんですか？」

「なんだろう……」

あのことがバレることでは？　と頭の中でもうひとりの絢子が囁《ささや》く。

「わたしね、若い頃から毎日ベッドに入って、寝る前にふと思い浮かぶことが、いまの自分の幸せのバロメーターだと思ってきたんだ。だからわたしがいまいちばん恐《おそ》れているのは、寝る前に昔の楽しかった思い出しか浮かばなくなること。いまの自分が死んじゃうこと」

だからいまを楽しむために、小暮と？

「ほんと、一年が経《た》つのが早くなってきてさ」

この女《ひと》は旦那《だんな》を裏切ってる。

「お肌の曲がり角って、本当にあるしね」

なぜ裏切るのだろう。

「曲がってしばらくしてから気づくんだけど」

不潔《ふけつ》だ。

「たしかに三十とか三十五っていう数字もガツンとくるけど、やっぱり女は家庭とかキャリアに前向きな夢が見られなくなったとき、人生の後半戦が始まるんだなって思うよ。周りを見ててもね」

「ひとつ訊《き》いてもいいですか？」

絢子はテロの覚悟を固めた。

「いいよ」

行けっ。

「結婚生活を長続きさせるコツってなんですか？」

「相手の嫌《いや》なところを見たとき、『まあお互《たが》い様か』ってバランスを取ること。それに尽《つ》きるかな」

そのバランスを取るための錘《おもり》が小暮なのだろうか。絢子は学生時代の親友が、どうにもいけ好かない男と付き合い出したときのことを思い出した。

「でも、わたしに訊くのもどうかと思うよ。わたしもうまく行かなかったわけだし」

「えっ？」

「じつはわたしたち、一年前に離婚《りこん》してるんだよね」

ええっっ⁉

「ごめんね。隠してたわけじゃないんだけど、『いちいち説明することないよね』ってあの人と話しててさ」

「じゃあ石丸というのは？」

「ある意味、旧姓《きゅうせい》。会社を起こしたときは結婚してたから、石丸で仕事始めたじゃん？でも『離婚して中井《なかい》に戻りました』って説明してまわるのが面倒《めんどう》でさ。あれこれ訊かれるのも嫌だし。だからそのままにしてあるの。いま戸籍上は中井美代です。よろしくね」

美代さんは冗談《じょうだん》めかして言ったが、絢子はあまりの衝撃《しょうげき》から思考がフリーズしたままだった。

美代さんは壁にずらりと並んだ酒を見つめて、「あれは結婚して二年くらい経《た》ったころの話だったな」と言った。見つめているのは酒のラベルではなく、自分の過去であることは明らかだった。

「わたしは子どもが欲しくなったんだけど、できなかったんだよね。不妊治療《ふにんちりょう》に行こうよって誘《さそ》ったんだけど、あの人は乗り気じゃなかった。ちょうど起業を考えていた頃《ころ》で、頭の中はそのことで一杯。昔から一つのことしかできないタイプなんだよね。そのうちわたしは生理が来るたびに、一人で泣くようになった」

生理が来るたびに今月もダメだったかって絶望感がハンパなかったよ、と言って美代さんはモヒートに口をつけた。

「それで会社を起こしたあと二人で検査に行ったら、判明したの。無精子症《むせいししょう》だってことが」

「二人が自然に子どもを授かる可能性はほぼゼロ。理論上は顕微授精《けんびじゅせい》といって、健康な精子が一つでもあれば受精は可能なんだけど、可能性はとても低いし、苦痛は大きいですって言われた。あの人、すごく落ち込んでた。そのとき、一瞬《いっしゅん》思っちゃったんだよね。『ざまあみろ』って」

「ということは？」

絢子はかすかに頬《ほお》が引《ひ》き攣《つ》るのを感じたが、どうにか取りなした。

「なんだ、わたしのせいじゃなかったんだ。なんでわたしだけ苦しんでたんだろう。わたしは子どもができた友だちに嫉妬《しっと》して、嫉妬してる自分にまた傷ついて……。毎月生理のたびに泣いてたのに、あの人は『また頑張《がんば》ればいいじゃん』しか言わなかったし」

絢子は婦人誌で〝妊活《にんかつ》〟の苦しさや、それが夫婦にもたらす亀裂《きれつ》についていくらか知ったつもりになっていたが、夫を「ざまあみろ」と思ってしまう女心については書かれていなかった。

「しばらくしてあの人、なんて言ったと思う？『会社を二人の子どもだと思って育てようよ』だって。哀《かな》しくなっちゃった」

石丸らしい、と言えば石丸らしい。

「そこで子どもの話はおしまい。会社も傾《かたむ》きかけてきたし、結婚したとき買ったマンションも抵当に入れたし。会話が減って、そのぶん喧嘩《けんか》が増えた。で、あるときあの人に言われたの。『君が子どもを欲しいことはわかっている。マンションを抵当に入れたのも俺《おれ》のわがままだ。君はまだいろいろなことが間に合う。きれいごとを言うわけじゃないけど、君を自由にしてあげたいとも思う』」

気がつくと、ミントの葉が詰まったモヒートのグラスからしたたり落ちた水滴が、美代さんのコースターを滲《にじ》ませていた。

「それまで離婚なんて考えたこともなかったのに、言われた途端《とたん》、『あ、その選択肢《せんたくし》もあったんだ』って気づかされた。でもわたしたち、人生も仕事も同じ船に乗っちゃったわけじゃない？ 飼ってる猫《ねこ》もいたし、変な話、起業のときうちの父にも保証人になってもらっていたから、『しばらく考えさせて』って言ったの」

猫は三歳のオスで、ゆう吉《きち》です。

美代さんは何かのフォローのようにそう言い、微笑んだ。

「でもしばらくして気がついたの。これはどっちかを降りなくちゃいけないんだ、って。この先何十年も仕事と人生のパートナーとしてやっていくほどには、もうこの人のことを愛していない。ちょうどCT社の出資が決まって、資金問題からも解放されたし。あの人、絶対に言わないけど、うちの実家と金銭的なしがらみを断ち切るために出資を受けた面もあると思うんだよね」

「じゃあ、いまは……」

「一緒に暮らしてるよ。主に経済的な理由と、ゆう吉のために。いわゆる家庭内別居みたいなものかな。でもほら、あの人、標語《ひょうご》とか取り決めつくるの好きじゃない？　だからわりと明快よ」

美代さんがグラスを傾けた。したたり落ちた水滴が、こんどはパンツの太ももあたりを濡《ぬ》らした。美代さんは拭《ふ》きとる訳でもなく、その黒いシミを黙って見つめ続けた。

飲みに行った翌日から、美代さんは妙《みょう》に優しくなった。「そこのオーガニックスーパーで売ってたんだ」とイチゴを洗って出してくれたり、抽斗《ひきだし》からアメを呉《く》れたりする。女友達が少なそうな人だから、自分と飲んだことで少しデトックスになったのかもしれない、と絢子は思った。

それとは別に、絢子は一年前まで結婚していた二人を、ときどき不思議な心持ちで見つめるようになった。離婚はありふれた事柄《ことがら》だが、二人の精神生活を思うと、事実は小説よりも奇《き》だと思わざるを得ない。

島津の原稿は快調に届いた。

冒頭の続きの五十枚を岩田と取りに行き、翌週また五十枚を取りに行った。その翌週も五十枚を預かり、計百八十枚。いずれもすばらしい出来だった。

それから一週間——。

岩田から連絡が入った。

「島津からSOSだ。どうしても書けないと言っている。あした青梅に行こう」

6

「出雲《いずも》が書けないんだ。二巻と三巻の構想はすっかり出来上がっているのに」

島津から連絡があったとき、岩田は意外に思うと同時に、「そうだったのか」と腑《ふ》に落ちるようでもあった。

古事記の神話パートの四割は出雲について書かれている。それを史実としてストーリーに落とし込もうとすると、神話だけに時系列が錯綜《さくそう》していてわかりにくい。古代出雲の実態についても謎《なぞ》に包まれている。要するに出雲をどう料理するかが、この作品を通じて最大の難所であることは岩田にもわかっていた。

――島津に悪いことしたな。

青梅へ向かう車中で、岩田はつるりと額《ひたい》をなでた。わずかな構想期間を経て執筆に着手したから、「出雲問題」は解決済みだと思い込んでいた。ところが実際は、こちらの事情に配慮《はいりょ》しての見切り発車だったのだ。

──天孫族は、中国江南《こうなん》からのボートピープルである。

この設定を読んだとき、岩田は「おもしろい」と思った。小説家らしい思い切った解釈《かいしゃく》だが、この見立てはかなり効いている。

というのも、出雲を建国した素戔嗚《スサノヲ》は朝鮮半島の出身らしいと仄《ほの》めかされている。そしてその子孫である大国主《オオクニヌシ》の時代、出雲は最盛期をむかえた。北九州から越《えつ》（北陸地方）の一帯にかけて、大王朝が成立していたのだ。この出雲王朝に対抗するのが、中国江南に出自《しゅつじ》をもち、南九州一帯に勢力を張った天孫族だというのは、構図が明解だ。

出雲の国譲り。

島津の筆はここで止まった。

作品冒頭で九州西岸に到達した天孫族は、先住の海洋民と混血した。そこからぐるりと九州南端をまわって、日向《ひゅうが》（宮崎県）に根をおろした。出雲とならび神話の故郷とされる高千穂《たかちほ》である。

ここから天孫族は、出雲との国譲り交渉《こうしょう》で失敗をくり返している。はじめの使者は帰って来るなり「とても手に負えません」と報告した。次の使者は老獪《ろうかい》な大国主に取り込まれ、彼の家来になってしまう。次に行った者も、大国主の口車に乗って彼の娘と結婚。それを質《ただ》しに行った使者は射殺されてしまう始末《しまつ》だ。

建御雷《タケミカヅチ》が使者に立つにおよび、ようやく交渉成立。大国主の息子が国譲りを呑んだのだ。

ところがもうひとりの息子が、徹底抗戦《てっていこうせん》のかまえを示した。建御雷はこれを信濃《しなの》の諏訪湖《すわこ》まで追いつめて降参させる。ここに至《いた》り大国主も観念した。「出雲大社をつくって、そこに俺を祀《まつ》ること」を条件に、国譲りに同意したのである。

こうした国譲り神話は、なんらかの史実を反映したものだろう。

そう考えるのが人情だが、じつは長いあいだ、出雲神話は架空のフィクションであるという説が有力だった。というのも、出雲から「王朝」の規模にふさわしい遺跡がまったく発掘されてこなかったからである。ゆえに古事記には、根強い偽書説《ぎしょせつ》があった。

ところが一九八四年、出雲の荒神谷《こうじんだに》遺跡から三百五十八本の銅剣が見つかり、日本中が蜂《はち》の巣《す》をつついたような騒ぎとなった。それまで日本で発掘された全《すべ》ての銅剣を合わせた数よりも多いという。

そして九六年、こんどは近くの加茂《かも》岩倉《いわくら》遺跡から三十九個の銅鐸《どうたく》が発掘された。これも一ヶ所から出た数としては過去最多。銅鐸は祭祀《さいし》に関係したもので、要するに支配者階級の証《あかし》である。

この二つの発見により、古代出雲王朝は濃霧《のうむ》の彼方《かなた》から巨大な姿を現した。

——本当にあったのだ。

と学会が認めるようになって、わずか数十年。じつは古代出雲は、歴史学にとって旬《しゅん》な話題の一つなのである。

さて、島津はどこに引っ掛かっているのか……。

「いや、べつに書こうと思えば、書けない訳じゃないんだ」

お茶を淹《い》れながら、島津はそんな言い方をした。

「ただね。ここまでの百八十枚は、我ながらうまく書けていると思う。予想以上の滑《すべ》り出しだ。そして二巻と三巻は、素材がいい。派手《はで》な見せ場が多いからね。つまりこの作品にケチがつくとすれば、出雲の国譲りだと思うんだよ」

ははあ、と岩田は合点《がてん》した。島津はすでにゲームをコントロールしにかかっているのだ。この試合は勝てる。とりこぼしは許されない。そう確信した五回裏の投手の気持ちだろう。

「で、具体的にはどこで引っ掛かってるんだい？」

「どこというよりも、シーンかな。肝《きも》となるシーンが浮かばないんだ。国譲りといっても、実際には戦争があったと思う。でもその戦闘シーンの肝というか、戦前戦後の交渉まで含めたシーンが――」

「浮かばない？」

「いや、浮かばないというよりは、なんていうかな……まぁ、浮かばないのか」

岩田はなつかしさに思わず笑みがこぼれた。こうした口ぶりは典型的なライターズ・ブロック（スランプ）である。こんなとき、産婆《さんば》役の編集者が処方できるクスリは幾つかある。岩田は経験の抽斗《ひきだし》の中から「転地効果」と書かれたクスリをとりだした。

「なあ島津。三人で出雲へ行ってみないか？」

「取材？」

「そんなとこ。あまり堅苦しく考えずにさ」

「うーん、出雲か。そうだね。まあ行ってもいいけど……」

外出の誘いに歯切れが悪くなるのも、ライターズ・ブロックの特徴《とくちょう》である。机の前から離れるのが怖《こわ》いのだ。行けば必ずお土産《みやげ》が見つかることは島津だって百も承知のはずだし、なにより最大の薬効《やっこう》はリフレッシュにある。

「たしか東京から出雲行きの寝台車が出てたよな。なんて言ったっけ。サンライズ出雲か。あれで行こう。一度乗ってみたかったんだよ」

岩田がつとめて軽く言うと、島津は「ピクニック気分だね」と苦笑した。

「話してたら、今すぐにでも行きたくなってきた。絢《あや》ちゃん、調べてくれる？」

「かしこまりました」

絢子はスマホでしばらく調べてから、「サンライズのチケット、取るの結構たいへんみたいです。ＪＲのみどりの窓口でしか買えないらしいし」

「じゃあ善は急げだ」

二人は島津邸を辞し、青梅駅のみどりの窓口を訪ねた。

「直近のサンライズ出雲のチケットを三枚ください」

「東京からのご出発ですと、あいにく三枚はございません」

聞けばサンライズ出雲は大人気で、ひと月前の午前十時に発売されるや否《いな》や、すぐに売り切れるのだという。

「出雲からの帰りでしたら比較的空いてることもありますが、お調べしましょうか？」

「そうだね。お願い」

女性はかちゃかちゃかちゃと打ち込み、「あさってでしたら、個室が三部屋空いております」

「ぴったり三つ？」

「はい。最後の三部屋です」

「買った！　早くおさえてくれ」

女性はものすごいスピードでキーを叩き始めた。

「絢ちゃん、あしたの飛行機のチケット調べてくれる？　ついでにホテルも。玉造《たまつくり》温泉にしよう」

「お客様、間に合いました」

女性が満足げな笑みを浮かべて発券を始めた。同時に絢子が「あしたの十時十五分、羽田発のＪＡＬ便があります」と言った。

「それ、頼む」

「お宿はここが素敵《すてき》そう。一泊ひとり一万二千円」

「問題ない」

「では、ポチっとな」

あわただしい準備ではあったが、島津にカンフル剤《ざい》を打ち込むにはこれくらいでちょうどいい。岩田は島津に電話を入れて、旅支度《たびじたく》をうながした。

翌日の昼前、三人は出雲縁結び空港に降り立った。空港でレンタカーを借りて、岩田の運転で出雲大社へ向かう。カーナビがあるから楽なものだ。

「絢ちゃんは出雲、初めてだよね？」と岩田が言った。

「はい。なんか緊張します」

「島津は二度目だっけ？」

「といっても数十年ぶりだけどね。岩さんは？」

「俺も二度目。新婚旅行以来だ」

「へえ。そういえば俺、岩さんの奥《おく》さんにはとうとう逢わずじまいだったね」

「まあな」

岩田はジャケットの胸ポケットに意識をやった。じつは今朝《けさ》、妻の写真を忍《しの》ばせてきた。四十二年前にこの地を訪れたとき、妻はちょうどいまの絢子くらいの年頃で、すこし勝ち気なところはあったが、清潔《せいけつ》な美しい新婦だった。のちのちまで「もういちど出雲に行ってみたいな」と口にしたが、ぐずぐずしているうちに果たせぬ夢となってしまった。

三十分ほどで出雲大社についた。

大きなしめ縄《なわ》のある神楽殿《かぐらでん》で出雲特有の「二礼四拍」をしたあと、拝殿《はいでん》と素鵞社《そがのやしろ》でも手を合わせた。

「さて、お次は日御碕《ひのみさき》へ行こう」

三人はふたたびクルマに乗って北上した。曲がりくねった海際の山道を行くこと十五分で、日御碕神社についた。朱色《しゆいろ》が目にまぶしい清新な神社である。

お参りを済ませたあと、脇《わき》の遊歩道から階段をのぼった。白い灯台《とうだい》が目印である。

「いやあ、日本海だね」

岬《みさき》に着くと、島津は目を細めてタバコに火をつけた。白い波濤《はとう》の上をカモメがけたたましく舞い、トンビはわれ関せずと風に身を任せている。

「ここは黒潮《くろしお》の分流である対馬《つしま》海流と、日本海の冷水がぶつかり合うところなんだ」

島津が海を見ながら言った。「黒潮は遥《はる》か南方からやってくる。日本海は大陸や半島とつながっている。つまり海流と海流がぶつかるところでは、文明が生まれるんだね」

「それが出雲王朝かい？」と岩田が訊《たず》ねた。

「そうだ。風と海流が日本人をつくったんだよ。目に見えない二つのものがね。われわれのご先祖さまはあのカモメのように、風に乗って遠くからやって来たのさ」

しばらく岬にたたずんだあと、一行は取って返して、出雲大社の隣にある古代出雲歴史博物館を訪れた。国宝級の展示品が多く、なかでも荒神谷遺跡《こうじんだにいせき》から出土した三百五十八本の銅剣がずらりと並ぶさまは威容《いよう》だった。

岩田がその前に立ち尽くしていると、島津がやって来て「圧巻だね」とつぶやいた。岩田はうなずき、銅剣の復元品《レプリカ》を指さした。

「つくられた当初は、あんな風にぴかぴか輝いてたんだろ。これだけのモノを作って土の中に埋めちゃうって、一体どういう料簡《りょうけん》なんだろう」

「銅剣はたいてい、丘の斜面《しゃめん》に埋められていたんだ。そこから生まれたのが、境界埋納説《きょうかいまいのう》。自分たちの縄張りを示し、外から邪悪《じゃあく》なものが入って来ませんように、と願う。ほかにも保管説、隠匿説《いんとく》、廃棄説《はいき》とあるけど、いまいちだね。いちばん妥当なのが祭祀説《さいし》かな。地鎮《じちん》や、豊穣《ほうじょう》の祈りを捧《ささ》げるために埋めたという説だ」

「まあ、そんなとこか」

「そういえばあっちに、本当にバッテンの付いてる銅剣があったよ」

「どれどれ」

「ほら、これ」

「ほんとだ」

二人は銅剣を覗き込んだ。銅剣を柄《え》に突き差す部分に「×」印が刻まれている。

「この部分、なんて言うんだっけ？」

「茎《なかご》。じつに三百五十八本中、三百四十四本に刻まれているらしい。バッテンが付いてるのは荒神谷から出た銅剣と、加茂岩倉から出た銅鐸《どうたく》だけだ」

「なんで付けたの？」

「それが全く不明なんだ。一説には、形代《かたしろ》の役割だと言う。つまり身代わりだね。ほら、土偶《どぐう》を埋めるとき、わざと壊《こわ》すじゃない？　どうやら古代人は、この世で不完全だったものが、あの世では完全になるという信仰《しんこう》を持っていたらしいんだ。だから本当は銅剣も壊したかったんだけど、硬くて壊せない。そこでバッテンを付けたと言うんだけど、どうかな。僕にはピンとこないね。それだと、ほかのところから出た銅剣にバッテンが付いていない理由が説明できない」

「なるほど。それにしても百家争鳴《ひゃっかそうめい》だな、古代史は」

「だからこそ僕ら素人《しろうと》にもつけ入る隙《すき》がある」

「ごもっとも」

岩田はその場を離れて、ベンチで一休みした。そこへ絢子がやって来て「きれいな博物館ですね」と言った。

「うん。十年前に出来たらしい」

「じゃあ岩田さんが奥様といらしたときは、なかったんですね」

「もちろん。ここは何があったかな……」

「岩田さんの奥様って、どんな方だったんですか」

「どんなって――いい女房だったよ。あいつが亡くなってから、生まれ変わってもまた一緒になりたいって思うようになった。だめだね、男って。生きてるときにそう言ってやればよかったのに」

絢子が微笑《ほほえ》んだ。それは何かの拍子《ひょうし》に、世のあらゆる男に通じる精神構造を見抜いてしまった少女のように聡明《そうめい》な笑顔だった。

「これなんだ」

と言って、岩田は胸ポケットから写真を取り出した。

「うわあ、綺麗な方ですね」

絢子が本気で言ったのがわかり、岩田は誇《ほこ》らしい気持ちになった。

「岩田さんも若い。新婚旅行のときのお写真ですか？」

「うん、宍道湖《しんじ》でね。じつは女房もアヤコっていうんだ。文章の文で文子《あやこ》」

「文子さん……」

「恥ずかしいものを見せちゃったね。さあ行こうか」

旅館につく頃には、とっぷり日が暮れていた。三人はすぐに湯殿へ向かい、旅埃《りょじん》を落とした。岩田が湯から出ると、廊下《ろうか》で絢子と出くわした。

「いい湯だったね」

「ほんとに。さっぱりしてるのにつるつるです」

絢子は浴衣《ゆかた》の袖口《そでぐち》から自分の腕を撫で、嬉しそうな顔をした。玉造温泉は奈良時代から続く名湯《めいとう》である。

「ほら、ここに書いてあるよ」

岩田は壁に貼《は》られた紙を読みあげた。

「ひとたび濯《すす》げば形容端正《かたちきらきら》しく、再び浴《ゆあみ》すれば万《よろず》の病い、悉《ことごと》く除《のぞ》こる。――出雲国風土《ふど》記《き》」

病い悉く除こる。つねに再発の影を憂《うれ》える岩田にとっては、頼もしい効能書だ。

「出雲って、いちいち神《かみ》ってますね」と絢子が言った。

「うん、神ってる。絢ちゃんも湯上がり美人で神々《こうごう》しいよ」

「おだてたって何も出てきませんから」

夕食は山海の珍味《ちんみ》だった。日本海の刺身《さしみ》、宍道湖名物のシジミ汁、山菜や蕎麦《そば》までが、きらきらしく輝いている。

岩田は島津にお燗《かん》をさした。

「どうだい、取材の収穫《しゅうかく》は」

「お陰さまで、出雲の霊気をたっぷり吸《す》い込んでるよ」

「そりゃ何よりだ。あしたはどこへ行くかな」

「荒神谷遺跡に行こうよ。銅剣が埋まっていた場所を、一度この眼《め》で見てみたいんだ」

「よしきた。そうしよう」

翌朝、岩田は早くに起き出して、温泉街のはずれにある玉造湯《たまつくりゆ》神社をたずねた。

境内《けいだい》は五十段ほど階段を登ったところにある。こんもりと新緑が繁《しげ》っていて、小鳥のさえずりだけが清らかに耳朶《じだ》を打った。妻と初めての夜を過ごした翌朝、二人でこうして手を合わせに来た。

右手奥にまわると「願い石」というご神石が祀られている。岩田は湧水《ゆうすい》で清めた手を石の上に置き、目をつむった。

あの日の朝、妻は願い石に長いあいだ手を置いていた。今になって、どんな心願《しんがん》を掛けていたのだろうと気になる。その心願は成就《じょうじゅ》したのだろうか。すべてはこの石だけが知っている。

――遅くなっちまったな、文子。俺は最後の仕事に恵まれて、どうにか生き延びてるよ。お迎えに来るならこの仕事が終わってからにしてくれよな。

そのとき、一陣の風が巻きおこり、さあっと岩田を包み込んだ。どこから来てどこへ去った風なのかも分からなかったが、ほんの一瞬、岩田はどこか別の場所へ連れ去られたような不思議な感覚をおぼえた。

宿を発《た》って二十分ほどで着いた荒神谷遺跡は、なだらかな山に囲まれた、里山とも谷間とも言える場所にあった。

三人はクルマを降りて案内板を見た。

「こっちだな」

左手に歩いて行くと、子どもなら思わず駆け登りたくなるような小高い丘陵《きゆうりよう》が見えてきた。

「ここか——」

島津が眉を険《けわ》しくした。

この斜面の中腹に、三百五十八本の銅剣が整然と埋められていたという。しばらく無言で見つめてから、「どこか肌の粟立《あわだ》つ感じがするね」と島津が言った。

「はい、なんか寒気《さむけ》がします」

と絢子が両ひじを抱えた。「あ、鳥肌《とりはだ》がたってる」

岩田も同じことを感じていた。この場所にはあきらかに、人が足を踏み入れることを拒《こば》む何かの力が働いている。

「負けたんだよ、やっぱり」と島津がつぶやいた。

「えっ、なに?」岩田は聞き返した。

「出雲はこの場所で天孫族に負けたんだ。あの銅剣のバッテンを見たときから、そんな気がしてたんだよ。あれは敗者の徴《しるし》だったんじゃないかな」

「どういう意味？」

「ここで降伏の儀式が行われたのさ。なぜここから出た銅剣にだけバッテンがあるのか？それはここで史上唯一の出来事があったってことだろ」

「それがつまり――」

「国譲りの儀式さ。天孫族の進駐軍《しんちゅうぐん》が見守る中で、出雲族は自分たちが大切に扱ってきた祭器に『×』を入れて、埋めさせられたんだ。もう逆らいません、という意味を込めてね」

岩田は背中がゾクリとした。「面白い。じつに面白い解釈だぞ、島津」

「ここは神庭《かんば》荒神谷《こうじんだに》遺跡とも呼ばれるだろ。つまり神の庭に、荒《あら》ぶる神の魂を鎮《しず》めてきたんだ。ずばり、大国主の無念をね。岩さん、見えてきたよ。国破れた民の悲哀《ひあい》。これが第一巻の後半のテーマだ。ここでの屈辱《くつじょく》の儀式をクライマックスにする。ここで青銅器文明が――すなわち出雲王朝が滅びたんだ」

「いいね。かつて国を追われた天孫族が、今度は力をたくわえて出雲族を征服《せいふく》する。まさに歴史の栄枯《えいこ》盛衰《せいすい》じゃないか」

「悔《くや》しかっただろうな、大国主」

「うん。先祖代々築き上げた帝国を取られたんだもん」

「生き延びるためには仕方なかったんだよ。俺と同じじゃないか」

「えっ？」

「俺もあのとき、万年筆にバッテンを刻んで埋葬《まいそう》した。でもどうにか生き延びてきたからこそ、こうして捲土重来《けんどちょうらい》のチャンスを与えてもらえたと思ってる」

岩田はどう答えていいかわからず、済まなかったな、とつぶやいた。

「いや、そういう意味じゃなくてさ」

と島津は苦笑いを漏《も》らした。「ただ、表舞台から消えた人間の悔しさや哀《かな》しさはわかると言いたかっただけ」

「ほかに行きたいとこあるか？」

「もう充分」

「じゃあ汽車の出る七時まで時間を潰《つぶ》さないとな。絢ちゃん、行きたいとこある？」

「宍道湖の夕陽《ゆうひ》はいかがですか」

「いいね。それじゃ出発しよう」

遺跡を離れるにしたがい、岩田は安堵《あんど》を感じた。それほど怖気《おぞけ》を感じる場所だったが、大国主の無念を鎮《しず》めていると思えば納得もいく。

湖畔《こはん》のホテルで鯛茶《たいちゃ》漬けを食べてから、カフェで第一巻の後半について打ち合わせを始めた。

出雲に降り立った素戔嗚《スサノヲ》が、優れた製鉄技術をもとにクニをつくる。その七代後にあたる大国主は、卓越した航海術で交易を支配。一大王朝を築き上げる。しかし九州から攻め込んできた天孫族に敗れ、「×」のついた銅剣を埋めたところで第一巻はフィニッシュ。

「いいねぇ。イメージが浮かぶよ」

まだ時間があったので、松江の城下町をぶらぶらしながら、二巻と三巻の構想についても聞いた。こちらは島津も言っていた通り、原典に忠実に描くことで仕上げられそうだ。

「いけそうだな。秋口には書けちゃうんじゃないか」

「どうだろう。なんとも言えないよ……」

島津の表情に暗い翳《かげ》が走ったのを、岩田は見逃さなかった。

「まだ何か引っ掛かっているのか?」

「いや――」

「あるなら言えよ」

「ない。大丈夫」

「ふうん。それじゃぼちぼち、サンセットを眺めに行こうか」

宍道湖大橋を渡り、県立美術館の湖沿いを歩いた。太陽がまさしく一日の務《つと》めを終《お》えんとしている。

「あった。あそこです」

絢子が遊歩道の一角を指さした。スマホをかざしたり、カメラの三脚を立てる人々がいる。「岩田さんが奥様と写真を撮《と》られたの、ここですよね」

「よくわかったね」

「だって嫁《よめ》ヶ島《しま》は有名な夕陽スポットですから。写真、見せて下さい」

岩田が写真を手渡すと、絢子は湖面に浮かぶ島と見比べ、

「うーんと……あ、そこ！　そこに立ってください」

「いいよ、そんなの」

「せっかくじゃないですか」

「なになに、どうしたの」

島津が写真を覗きこみ、「へえ、すごいね。ここだ。シャッターチャンスじゃない。どれ、僕が撮ろう。どこを押せばいいの」

「ここです」

「じゃあ二人とも行くよ。はい、チーズ」

「こんどはわたしが撮ります」

じいさん二人のツーショットか、と照れる二人を絢子がパチリと収めた。絢子はすぐさま出来栄えを確認し、「わあ、綺麗。いま岩田さんのＬＩＮＥに送りますね」とスマホを

操作した。

岩田は送られてきた写真を開き、ふしぎな感慨《かんがい》をおぼえた。絢子と写った写真は、構図といい、夕陽の具合といい、妻と撮った写真とそっくりだった。

――妬《や》くなよ、文子。

岩田はスマホを見ながら微笑んだ。

――賢《かしこ》くて、気働きのできるお嬢さんでね。お前と似てるんだ。

三人は観光客のために置かれたスツールに腰かけた。湖面は絨毯《じゅうたん》を敷《し》きつめたように静かで、毛づくろいする水鳥の羽も夕陽に赤く染まっている。

「綺麗ですね」と絢子が言った。

ああ、と岩田はうなずいた。「俺はこんな雄大な夕陽を見てるときだけ、死んでもいいと思うんだ」

「同感だね。古代人の暮らしは、さぞかしすっきりしていたんだろうな。日の出と共に起きて、夕陽を眺めながら一日を終える。古事記は、そういう暮らしをしていた人たちの物語なんだね」

岩田の目に古代人の姿が浮かぶようだった。舟を泛《うか》べた彼らも、この落陽《らくよう》に見入り、しばし忘我をあじわったことだろう。湖に沈む夕陽の向こうに、彼らも死を想っただろうか。

岩田は終わったと思っていた自分の編集人生に、こんな景色が残されているとは思ってもみなかった。

松江でレンタカーを返し、弁当や酒を買ってサンライズ出雲に乗り込んだ。

個室はベッドがあるだけのスペースだったが、思ったよりも小ざっぱりとしていた。これなら十二時間の長旅も悪くない。岩田はベッドに座り、車窓の景色を肴《さかな》にしばらく一杯やっていたが、やがてうとうとし始めた。

目が覚めたのは、日付が変わった頃だった。

ラウンジへ向かうと、島津と絢子がカウンターで酒を飲んでいた。

「ようやくお出ましか。岩さんも一杯どう？」

「もらおう」

岩田はウィスキーをストレートで舐《な》めた。島津の手元に、ペラ二百字の原稿用紙と万年筆がある。

「書いてたの？」

「メモ程度だよ。大国主の御霊《みたま》が宿ってるうちにと思ってね」

「わたしがお邪魔《じゃま》しちゃったんです」

「なあに、一生に一度の寝台特急だ。楽しまなきゃ」と島津が言った。

岩田もスツールに腰かけ、「なあ島津」と呼びかけた。

「さっき散歩の途中、何か言いかけただろ。なんだったんだよ」

「いや、別にどうって問題じゃない」

「この仕事は尺が短い。お前の原稿が上がってからでは遅いんだ。懸念《けねん》があるなら言えよ」

「それじゃ言うけど――」

と島津が目を伏せた。「ときどき筆が止まることがあってね。正確に言うと、キリのいい所まで書き上げて、フーッと息をついたとき、これまで書いた箇所《かしょ》に不安をおぼえるんだ」

「それはつまり……」

「ああ、あの事件のことを思い出す。同じ歴史ものだろ。半分は想像力で書いてるけど、半分は資料に依拠《いきょ》して書いてる。今はネット社会だから、前科者《ぜんかもの》の僕の作品のアラ探しをする奴も出てくるだろう。また指摘《してき》されたらどうしよう、と堪《たま》らない気持ちになることがあるんだ」

「それは参考文献一覧を巻末に掲載《けいさい》すれば――」

「もちろん頭ではわかっている。でもまた、無意識のうちに何かの一節をそのまま書いてしまうんじゃないか、と思うとね……」

「あの、わたしに全部チェックさせて下さいませんか」

と絢子が思い詰めた表情で言った。

「チェックするって言っても――」

岩田は言葉に詰まった。編集初心者にどこから教えればいいのだろう。

「何か本をお持ちでないでしょうか」

「これでいい？」

島津が手元にあった古代史関連の文庫本を渡した。

「読みます。いまから」

絢子が猛烈《もうれつ》なスピードで頁《ページ》を捲《めく》り出した。男たちは怪訝《けげん》な顔でその様子を見守った。

「終わりました」

「嘘《うそ》だろ、おい」岩田はぽかんと口を開けた。

「わたし、なぜか速読と短期記憶の能力があるんです」

岩田はこれまでに途轍《とてつ》もない読書家を何人も見てきたが、それとは明らかに種類が違う。

「原稿が完結したら、参考資料とすべて突き合わせます。幸いわたしは島津先生の原稿を起こしているから、記憶の定着率は高いはず。普通の人がやるより良くできると思います」

「魂消《たまげ》たね」

島津はまじまじと絢子を見つめた。「君は稗田阿礼《ひえだのあれ》の再来だよ」

東京駅に着いたのは、翌朝の七時過ぎだった。岩田はいったん三鷹のマンションへ戻り、昼過ぎに病院へ向かった。定期健診の日だった。

いつもなら「異状ありません」の一言のあと世間話を始める医師が、厳粛《げんしゅく》な顔で告げた。

「再発の疑《うたが》いがあります。精密検査をしましょう」

文子が迎えに来たのだ――。

岩田はなぜかしら、そのことを確信した。玉造湯神社の境内で、一陣の風に包まれたことを思い出した。

7

画期的《かっきてき》な出版スキームって、なかなかないものだ。

要約するとそんなやり取りを、石丸《いしまる》と竜己《たつみ》はかれこれ一時間続けていた。隣《となり》で作業する絢子《あやこ》の耳にも、嫌《いや》でも入ってくる。

「リヤカーで『古事記《こじき》号』みたいなデコ車をつくって、丸の内で手売りするのはどうスか。その様子をYouTubeにアップするんです」

「YouTubeを活用するってところだけイキかな」

「じゃあ、生原稿《なまげんこう》千枚ディスプレイ作戦は？」

「なにそれ？」

「島津《しまづ》さんの原稿、三巻合わせたら千枚いきますよね。それをナンバリングして、表装したものを一枚ずつ書店さんにディスプレイしてもらうんです。生原稿は珍《めずら》しいし、今回のために特約店を千店まで伸ばすつもりなので」

「でも書店さんにしてみたら、『うちはイシマル書房の特約店ナンバー838です』と貼《は》り出すことに意味はないな」

「うーむ、そうっスねぇ」

出雲《いずも》取材でモチーフを見つけた島津は続々と原稿を上げてきたが、CT社に課された宿題の方はなかなか答えが見つかりそうになかった。

「そういえば印刷費の追加出資の件、どうなりました？」

「あっさり断られた」

「くそ、タチウオめ」

「仕方ないさ。絢《あや》ちゃん、なにかプランない？」

「活版《かっぱん》印刷で読む古事記なんてどうでしょう？　うちのおじいちゃん、活字《かつじ》拾うのめちゃくちゃ早いですよ」

「よく知らないんだけど、活版印刷ってどんな感じなの?」竜己が訊《たず》ねる。

「説明するとですね」

絢子はYouTubeで活版印刷の動画を開いた。

「こんなふうに、一文字ずつハンコみたいになった活字が壁《かべ》にズラリと並んでいます。これをスダレケースと呼びます。平仮名《ひらがな》も漢字も数字もアルファベットも、全部決まったところに置かれているんです。活字工は左手に原稿と文選箱《ぶんせんばこ》を持ち、原稿を見ながら右手で一文字ずつ活字を拾っていきます。文選箱はお弁当箱みたいなやつで、ここにある程度拾ったところで植字台《しょくじだい》に移します。そこで行間やルビなどの『詰め物』をピンセットで施《ほどこ》して、きゅっと紐《ひも》で縛《しば》る。これで一ページ完成。それをハンコみたいにペタンと印刷するんです」

「聞くだけで気が遠くなるな」と石丸が言った。

「ふふふ。便利な世の中になりましたねぇ。ワードで打ち込んでデータ入稿すれば、本ができるんですから」

「絢ちゃん、おばあちゃんみたい」

「えへへへ」

そのとき、ドアをノックする音がした。絢子が開けるとスーツ姿の梨木《なしき》が立っていて、

「その節は本当にご迷惑《めいわく》をお掛《か》け致《いた》しました」と深く頭を下げた。

「そんな、やめてください。さあ中へどうぞ」

と石丸が招じ入れる。

「あ、竜己さん。その節は本当に申し訳ありませんでした」

「いやあ、もう済んだことですから」

口調とは裏腹に、竜己がどこか浮かない顔をしているのは、回収騒《さわ》ぎできつい思いをしたからだ。直販のイシマル書房にとって、口座を開いてくれた書店さんは宝物のような存在である。竜己はその書店さんに「本を回収させて欲しい」とお願いした上で、「こんど社運を賭《か》けた『小説　古事記』が出るので置いて下さい」と二重に頭を下げてきた。

梨木は絢子がまだお茶も淹れ終わらないうちに、「じつは里山を解散することにしました」と言った。その報告を聞いて石丸が傷《いた》ましい表情になったのも束《つか》の間《ま》、「でもまた、新しいソサエティをつくるのですが」と宣言した。

へこたれない人だな、と絢子は思う。だけどこういう人が、最終的に何かを成し遂《と》げるのかもしれない。生き延びることのエキスパート。都会のサバイバー。

「あれ、とても勇《いさ》ましいですね」

梨木が壁に貼《は》られた〃めざせ、累計《るいけい》十五万部！〃の文言を指さした。

「掛け声ばかりで、じつは印刷費すら覚束《おぼつか》ない状況《じようきよう》なんです」と石丸は言った。

「どういうことです？」

石丸は頭を掻《か》きながら説明を始めた。

親会社が売却《ばいきゃく》を企《くわだ》てていること。それを阻止《そし》するために『古事記』を十五万部売って株を取り戻したいこと。期限は先延ばししてもらったが、かわりに「画期的な出版スキーム」という宿題を出されたこと。そもそも製作資金が乏《とぼ》しいこと。

「それ、クラウド・ファンディングでよくないですか？」

聞き終えた梨木が言った。「それですべて解決すると思いますが」

石丸は目を瞠《みは》った。

「どういうことですか？　詳《くわ》しく聞かせてください」

「クラウド・ファンディングを平たく言えば、あるプロジェクトに対して、ネット上で資金を募《つの》ることです。おおまかに三つの型があります。一つ目は、寄付型。これは被災地や途上国への寄付がメインで、出資者はリターンを求めません。文字通り、寄付して終わりです。二つ目が投資型。これは画期的な商品やプランに対して資金提供してもらい、株式や配当でリターンを約束するもの。ベンチャー企業への投資が典型ですが、日本では金融商品取引法の規制があり、普及《ふきゅう》していません。そして三つ目が購入型《こうにゅう》。これは支援者に、商品やサービスを一般発売前に購入してもらうパターンです。日本でいちばん根づいてるのがこれ。今回の件に関しても、これでしょうね」

「事前に本を買ってもらい、代金を振り込んでもらう？」

「その通り。そのためには、このプロジェクトの魅力《みりよく》について、サイト上でアピールしなくてはいけません。支援者は『一緒にこの本を売りたい』『応援したい』と思うからこそ投資してくれるんです」

「実際には、どういった段取りを踏《ふ》めばいいんですか？」

「クラウド・ファンディングのプラットフォームを提供している会社がいくつかあります。そこで支援者を募るんです。手数料は集まったお金の十％程度かな。うちの子たちも、アート展やイベントなんかでよく活用してますよ。びっくりするくらいお金が集まることもあるんです」

「これだな」

石丸が確信にみちた表情で言った。「やらない手はありません」

「でしょう？　アメリカではすでに数兆円規模の市場に成長しています。日本でもこれからどんどん根づくと思いますよ。本の定価は？」

「三冊とも千六百円の予定です」

「となると、一人あたり四千八百円の事前購入か……。本は再販制度があるから、値上げするわけにもいきませんしね」

「値上げ？　値下げじゃなくて？」

「ええ。今回の最終目的は、あくまで『小説　古事記』を市場で売り、イシマル書房を存続させることですよね。そのための資金が足りない、と。つまり本を事前購入してもらえるのは有《あ》り難《がた》いが、できることならプラスアルファで資金援助をしてもらいたいじゃないですか」

「虫のいい話にも聞こえますが……」

「だからこそストーリーが大切なんです。このプロジェクトを真剣《しんけん》に応援したくなるようなストーリーがね。うちの里山プロジェクトも、あんな事件が起きるまではかなり応援してくださる人たちがいました。『自分はいま様々なしがらみがあって参加できないが、君たちの取り組みに、未来のソサエティのかたちを見出《みいだ》したい』。そんな方たちでした。会社員もいれば個人事業主もいたし、アメリカでビジネスで成功している方もいました。みなさん小口ファンディングすることで、自分の人生だけじゃない、もうひとつの人生も生きてみたいんです」

「なるほど。イシマル書房の出版活動に小口投資してもらうことで、もうひとつの人生を生きてもらう、か」

「そうです。たとえばひとり一万円くらいになる商品を提供できませんか？」

「一万円……」

石丸は口に手をあてたまま黙《だま》り込んだ。

「あの、ちょっといいですか」

絢子が躊躇《ためら》いがちに口を開いた。

「豪華本《ごうかぼん》はいかがでしょう。うちの実家で、むかし函《はこ》入り・革張《かわば》りの豪華本を受注したことがあるんです。あれなら三冊で一万円してもおかしくないと思うのですが」

「それだ！」

梨木が叫んだ。「それですよそれ。事前購入してくれる方のみ、限定品の豪華三巻セット一万円。いいじゃないですか」

「それ、絢ちゃん家《ち》で出来るの？」

「聞いてみます」

「お願い。どうせなら、おじいさんに活版で組んでもらおうか？」

「喜ぶと思います！」

「でもそうなると、アレすね」

竜己が眉《まゆ》を寄せた。「三巻の豪華本を先につくってから、本の発売ってことになりますよね。すると書店さんでの発売が遅《おく》れませんか？」

「おー、すっかり忘れてた」

石丸が天を仰《あお》いだ。「小暮《こぐれ》さんに相談してみる」

「また延期っスか？」

「かもしれない。だって豪華本は先に届かないと、支援者も納得《なっとく》いかないだろ。ちょっと話してくる。梨木さん、恩に着ます」

「いえ、すこしは借りをお返しできたのなら嬉《うれ》しいです」

石丸は小暮へ連絡を入れ、オフィスを出て行った。

絢子は実家に電話して事情を説明した。石丸は夕方に戻《もど》って来た。

「絢ちゃん、どうだった？」

「基本的にはやれます、とのこと。ただし函入り・革張り・箔《はく》押しだと手作業もあるので、納期は相談させて下さいとのことでした」

「有り難い。手作業が増えるっていうのは、かえってよかったかも」

「なぜですか？」

「だってクラウド・ファンディングの支援者は、五月雨式《さみだれしき》に出てくるわけでしょ。そのたびに手作業でつくるんだから、受注生産みたいなものだよ。あとで僕《ぼく》からお父さんにご挨《あい》拶《さつ》させてもらうから、電話番号教えて」

「かしこまりました」

「で、そっちはどうだったんスか」と竜己が訊ねた。

「小暮さん、『それ、基本的にゴーだと思います。うちもクラウド・ファンディングには興味あったんで』だって」

「でかしたタチウオ！」

「喜ぶのはまだ早い。上の人にあげてみる、と言ってたから。でもうちとしては、やるつもりで行こう。バタバタするけど、まずはクラウド・ファンディングで支援者を集めるための作戦を考えたい。あした会議だ」

帰りがけ、絢子は神保町《じんぼうちょう》の駅まで美代《みよ》さんと歩きながら、

「凄《すご》いことになりましたね」

「ごめんね。絢ちゃんのご実家まで巻き込んじゃって」

「いえいえ。父も祖父も叔父《おじ》もめっちゃ喜んでました。こんな豪華本の受注は久しぶりだから腕《うで》が鳴るって」

「そう言ってくれると助かるわ」

「小暮さん、案外あっさりOKでしたね」

「そういう人なのよ。流行《はや》りものに弱いというか。わたし、小暮さんと二、三回食事に行ったことがあるけど、ほんと薄っぺらくてさ」

「えっ」

「二時間限定なら面白いんだけどね。まあそれも、美味《おい》しいものが並んでるって条件つきかな。あ、このことは一応あの人には内緒《ないしょ》ね。ほんと、ご飯食べに行っただけなんだけど」

「はい……」

絢子は自分もカミングアウトするなら今だと思い、「じつはわたしも一度だけ——」

「誘《さそ》われたの？」

「はい。断りづらくて」

「ほんとゲスだな、あいつ」

「新会社を起こすからそこで働かないか、って。きっぱり断ったんですけど」

「あそこは関連会社がいくつもあるから、いろいろな所で誘ってるんだよ。もう絢ちゃんには粉かけるな、って言っとくね」

「あ、でも」

「大丈夫。角が立たないように言うから」

「ありがとうございます」

絢子は二人の仲をあれこれ勘繰《かんぐ》ってきたことが恥ずかしかった。「独身」の美代さんにとって、小暮と食事に行くことは暇《ひま》つぶしの一つに過ぎず、また親会社の人間のご機嫌とりや情報交換という側面も少なからずあったのだろう。まだまだ青いね、絢子さんは、と自分を揶揄《からか》うほかなかった。

その晩、石丸からメンバーにLINEが入った。

「CT社の社長から、再延期OKを貰《もら》いました。みなさん頑張《がんば》りましょう！」

翌日の会議には、岩田《いわた》が久しぶりに顔を出した。会うのは出雲《いずも》取材以来だ。

「あれ、すこしお疲《つか》れですか?」

と石丸が言った。元から細い体が、さらに細くなったようだ。

「暑さにやられたよ。最近の東京は春に夏が食い込んでくるね」

「ですよね。それでは始めましょう」

と石丸がメモに目を落とした。

「昨晩、クラウド・ファンディングのプラットフォーム会社の人に会ってきました。その報告をします。まず、購入型でいちばん支持されているのは五千円から一万円の商品とのこと。うちは一万円でいきたいと思います。募集期間は六十日。目標額は六百万円。つまり支援者を六百人募りたい。この額はうちの手持ち資金とあわせて、一巻と二巻を一万部ずつ刷り、なおかつ豪華本の製作費も入れた額です。手数料は、集まったお金の八%。ここまでで質問は?」

「豪華本の島津先生の印税はどうなります?」と竜己が訊ねた。

「辞退すると言ってくださった」

「了解《りょうかい》です」

「次に肝心《かんじん》の募集ページについてだが、文章、写真、動画を埋《う》め込むことができる。趣旨《しゅし》説明は僕が書くけど、やはり動画を充実《じゅうじつ》させたい。何か案ないかな?」

「島津先生のインタビューじゃないスかね」

「うん、それが第一候補だな」

「あとは絢ちゃん家だな」と岩田が言った。

「うちですか？」

「そう。ビデオカメラを持っておじいちゃんを撮《と》ってきなよ。いまの若い奴《やつ》らには刺《さ》さると思うよ。活字工ってこんなに拾うの速いんだ、って」

「それ、いいね」と石丸が言った。「頼《たの》んでみてくれる？」

「かしこまりました」

「では島津先生のインタビューと、絢ちゃんのおじいさんの動画。まずはこれを制作しよう。募集画面にはブログ機能もある。アップ・トゥ・デートで更新《こうしん》して盛り上げていこう」

「で、実際のスケジュールはどんな感じになります？」と竜己が訊ねた。

「いま第一巻の校正が上がったので、岩田さんにはそろそろカバーづくりに入ってもらう」

「装丁は曽我《そが》靖春《やすはる》でいこうと思う」

「大御所《おおごしょ》っスね」

「駆《か》け出《だ》しの頃《ころ》から知ってるんだ。今回の本にぴったりだよ」

「タイトルは？」

「ずばり、『小説 古事記』。これ以外考えられん」

「了解っス。で、クラウドの方のスケジュールは？」

「あした、僕と絢ちゃんで造本の打ち合わせに行く。クラウドの募集開始は、豪華本の装丁見本が上がってからだ」


翌日、絢子は石丸と昼の新幹線に乗った。上田《うえだ》までは九十分の道のりである。大宮駅を過ぎたあたりで、「そういえば小暮さんに新会社へ誘われたんだって？」と石丸が言った。

「あ、はい」

「美代がえらく怒ってた。断れない立場にいる子を誘うのは卑怯《ひきょう》だって」

「別に、そういうアレではなくて……」

「俺たちのことも、美代から聞いたんだってね」

「……はい」

「という訳なんだ。いろいろあって、うまくいかなくて。結局、俺のキャパシティが足りなかったんだと思う。いまは同居人になってしまったけど、いつかまた美代の信頼《しんらい》を取り戻したいと思っている」

「信頼、ですか……」

美代さんが求めているものは、もう少し別なもののような気がした。しかしそれが何なのかは、絢子にもわからなかった。ひょっとしたら美代さん本人にもうまく言えないのではないか、と思う。

「あとこんな場所で言うのも申し訳ないけど、契約《けいやく》を延長してくれないかな。絢ちゃんがいてくれてとても助かってる。もし今回の件がうまくいったら、社員になってほしい。これは美代も竜己もおなじ意見だ。それまではインターン契約で申し訳ないんだけど」

「ありがとうございます。わたしでよければぜひ」

「嬉しいよ。岩田さんも『あんな優秀《ゆうしゅう》な子はいない』って言ってた」

「ふふふ。でも岩田さん、相当お疲れのご様子でしたね」

「ああ、出雲の疲れかな。今年はムシ暑いしね」

上田駅の改札を出ると、絢子の父が待っていた。

「いつも娘《むすめ》がお世話になっております。さ、お乗りください。クルマで十五分ほどです」

幼い頃から見慣れているとはいえ、よそゆきの父を見るのは面映《おもは》ゆかった。父も東京の出版社の人と仕事するのは初めてだから、すこし緊張《きんちょう》しているのかもしれない。

「絢子は、すこしはお役に立ててるでしょうか」

と父が運転しながら訊ねた。

「それはもう。とても優秀で、いつも助けられています」

「ちょっと変なこと訊《き》かないでよ。無理やり言わせちゃったじゃない」

「だって、お前がご迷惑かけていないか、心配じゃないか」

絢子の幼なじみの両親がやっているスーパーマーケットを右に曲がり、クルマは静かに停《と》まった。石丸はクルマを降りて、「うわ、いい景色だなぁ」と声をあげた。目の前を流れる千曲川《ちくまがわ》と、冠雪《かんせつ》した遠くの山を見たよその人は、たいていそう言ってくれる。

工場《こうば》とつながったお茶の間に母がお茶を運んできた。

「ようこそおいで下さいました。絢子の母です」

石丸は「つまらないものですが」と手土産《てみやげ》を差し出した。

「あら、お気づかい頂いてすいません」

「絢子はそれなりに役立ってるって、さっき社長さんが言ってくださったよ」

「それはよかった。なにせ小さい頃から本が好きで、いつかそういう仕事に就《つ》きたいって言ってたもんですから。小学生のときから本屋さんの常連で、中学生のときは図書委員。だからお宅《たく》に決まったと聞いておじいちゃんなんか――あれ、おじいちゃんは?」

「マサオの工場じゃないか」

「ちょっと呼んでくるね」

絢子の昔話を始めると止まらなくなる母がいなくなった隙に、父は用意していた見本を持ってきた。

「表紙の革はこれでいかがでしょうか。重厚感があって、これに金で箔押《はくお》しすればとても映《は》えます」

「なるほど」

石丸は手に取ってしばらく撫《な》で回してから、「いいですね」と言った。

「表紙がこれで決まりなら、見返しはこの色と風合いがいいと思います」

と今度は用紙の見本を見せる。

「結構です。品がありますね」

「本文用紙は、クリーム系でよろしいですね」

「ええ。ちょっとクリーム強めでお願いします」

「承知しました」

「ところで見積りを拝見しましたが、本当にあれでよろしいんですか」

「結構です」

「あの、なんと言いますか、タダ働きになってしまいませんか?」

「ははは。たしかに儲《もう》けは出ませんが、絢子がお世話になっておりますから、あれでやらせて下さい」

「申し訳ありません。本当に助かります。クラウド・ファンディングだと、支援者が増えるたびにつくって頂くことになります。しかも募集期間の最初と最後の方に集中しやすいらしいんです」

「大丈夫《だいじょうぶ》です。いつでも手伝ってもらえるよう、組合の仲間にも頼んでありますから」

「それは心強い。不躾《ぶしつけ》ながら、もうひとつお願いがあるのですが」

と石丸がビデオカメラを取り出した。そのとき、祖父がやって来て「や、どうも」と挨拶した。

「あ、どうも。このたびはお世話になります。石丸と申します」

「絢子の祖父です。いま、最初の方を拾っておったんです」

「第一巻の？」

「ええ。いい原稿ですね」

「じつはお願いがあります。おじい様が活字を拾うところを、カメラで撮らせて頂けませんか」

「そんなの撮って、どうするんです？」

「わが社の宣伝に使わせて頂きたいのです」

「ふーん。ま、いいですよ。こちらへどうぞ」

祖父は活字がずらりと並ぶスダレケースの前へ石丸を案内した。そして島津の原稿と文選箱を左手に持ち、ほとんど右手を見ずに——つまり原稿だけを見て——ケースから活字を拾っていった。

「すごい……」

石丸がカメラのモニタを見ながらつぶやいた。絢子は誇《ほこ》らしい気持ちになった。

「どの文字がどこにあるか、見ないでもわかるんですか？」

「ええ。十三の歳《とし》から拾ってますから、指が憶《おぼ》えてます」

石丸は祖父の手元をズームアップし、次に工場のうしろまで引いて、祖父の背中を撮った。「ありがとうございました。ところで、活版職人の極意《ごくい》ってなんですか？」

石丸がカメラを回したまま訊ねた。

「極意？　極意ねぇ……。そんな大層なものは一つもないけど、私らの仕事が目立つときと言ったら、間違《まちが》えたときでしょ。だからなるべく目立たないように生きてきました」

絢子がはじめて聞く祖父のポリシーだった。

「先ほど、島津さんの原稿をいいと仰《おつしや》ってましたね。なぜそう思われたんです？」

「私らは活字を拾うとき、心の中で文章を音読しています。無学な職人なりに、心地よく感じるリズムってもんがあるんですよ。あの原稿にはそれがありました」

「なるほど。ありがとうございました」

石丸がビデオカメラを閉じた。

「それじゃ社長さん、ウナギ屋に行こうか」

「え、あ、はい。参りましょう」

大切なお客さんをウナギ屋でもてなすのは満島《みつしま》家の伝統である。一行はクルマで乗りつけて、特上五人前と熱燗《あつかん》を二本注文した。

「神保町といったら、出版の聖地ですな」

父が石丸にお燗をさしつつ言った。「うちなんか地元の刷《す》り物が多いからアレですが、やはり東京の出版社も厳しいんでしょうね」

「はい。書店さんも印刷屋さんも版元も、いまが踏ん張りどころです。でも気持ちで負けたら終わりですからね。いまは生き延びることができたら勝ちだと思ってやっています」

「生き延びる、か。身につまされますな」

父がお猪口《ちょこ》をぐいっとやった。工場のことを思ったのだろう。父は自分の代で家業を畳《たた》むと宣言している。

「絢、ちゃんとご飯食べてるの?」と母が言った。

「食べてるよ」

「この子、ズボラなところがあるんです。本に熱中しだすと、お菓子《かし》で済ませちゃうんですよ。あれは小学五年生くらいのときだったかしら——」

「食べてるってば」

「ははは。それじゃきちんと見張っておきます。でも絢ちゃんは今どき本当にいいお嬢《じょう》さんで、うちの女房《にょうぼう》なんか可愛《かわい》くて仕方ないって言ってます」

「そうですか」

両親が顔をほころばせた。祖父の悦《よろこ》びようは輪をかけていて、「社長、もう一献《いっこん》！」をくり返して石丸を困らせた。

ウナギ屋を出る頃《ころ》には、男たちはすっかりいい感じに仕上がっていた。石丸は帰りの新幹線で、気持ちよさそうに寝息をたてた。翌朝、父からメールが届いた。

「きのうはお疲れ様。絢がちゃんと働いていることがわかって安心しました。石丸社長は誠実だし、年長者に可愛がられるタイプ。信じてついていきなさい。大丈夫、きっと生き延びる」

祖父の組んだゲラと豪華本の装丁見本が届いた頃、絢子は例の約束を果たすために、ひとりで島津邸を訪《おとず》れた。

「先生、第二巻のタイピング原稿をお持ちしました」

「ご苦労さん。それじゃあ、やってくれるか」

絢子は一巻と二巻の原稿を読み返し、頭に叩《たた》き込んでから猛然《もうぜん》と参考文献《ぶんけん》の山をめくりだした。

――あれ？

すこしでも似た表現があると、原稿の該当箇所《がいとうかしょ》と付き合わせた。どこからが「剽窃《ひょうせつ》」になるのか、依然《いぜん》として基準は曖昧《あいまい》だったが、じつに八時間ぶっ続けで絢子はこの作業に没頭した。

「出前《でまえ》を取ろうか」

外が暗くなった頃、二人はざるそばを注文した。

「どうだい？」島津がそばを啜《すす》りながら訊ねた。

「おそらく問題ありません」

「大変な作業を頼んでしまって申し訳ないね。それにしても君は、本当に特殊《とくしゅ》能力の持ち主だな」

「読むのが無駄《むだ》に速いだけでして……」

絢子は食べ終わった食器をキッチンで洗い、お茶を淹《い》れてダイニングテーブルで一息いれた。

「あのときは、無意識だったんだ」

島津のつぶやきがあの事件を指していると気づくまで、絢子はすこし時間が掛かった。

「じつはあの八行をそっくり書けたことが、いまだに自分でも謎《なぞ》なんだよ」

絢子はしばらく考えてから、「ひょっとして、先生もわたしと同じだったんじゃないでしょうか」と言った。

「えっ、どういうこと？」

「わたしもふと文章が思い浮《う》かぶことがあります。それが自分のオリジナルなのか、それともあれ、自分の体験を通じたものなのか、わからなくなることがあるんです」

「僕に君みたいな能力はないよ」

「でも人には多かれ少なかれ短期記憶の能力があって、とくに試験前とかで追い込まれたとき、メモリーが開く気がします」

「たしかに締め切《し》り《き》が近いときは、試験中の気分に似てるね……。さあ、もうひと踏ん張りしようか」

二人は付箋《ふせん》の貼られた箇所を確認していった。一時間後には、絢子は帰りの電車の中から「すべて問題ありませんでした」と岩田に報告を入れることができた。すぐに返信があった。「ご苦労さん。カバーが上がったから、あした一緒に取りに行こうか」

翌日待ち合わせたのは恵比寿《えびす》駅だった。装丁家のマンションは坂道を登ったところにあるのだが、猛暑日の真昼のことで、岩田の息切れがひどい。

絢子は木陰《こかげ》を探し、「すこし休んでいきましょうか」と声を掛けた。

「ああ、そうしてくれると助かる」

二人は緑の傘《かさ》の下に入った。日差しを逃《のが》れるだけでもだいぶ涼《すず》しい。岩田はペットボトルの麦茶を一口飲み、「この坂道で息切れするとはなぁ」と言った。「むかしは屁《へ》でもなかったのに」

「曽我さんとは、昔からのお付き合いでしたね」

「うん。若い頃から職人気質《しょくにんかたぎ》でね。イメージが湧《わ》くまで手をつけないから、それでずいぶん損してきたと思うよ。締め切り優先の編集者は、まず頼まなかったから。装丁には正解がある、というのが彼の信念だった」

「正解、あるんですか？」

「わからない。でもあると思ってつくるのと、ないと思ってつくるのでは、ずいぶん仕上がりが変わるだろうね。ふう。落ち着いたよ。行こうか」

絢子は自分の日傘で岩田を守りながら、坂道を登っていった。二〇三号室のチャイムを鳴らすと、気難しそうな初老の男がドアを開けた。あした地球に隕石《いんせき》が衝突するとわかっていても、今日自分が洗濯機を回したければ回すタイプに見える。

「はじめまして。編集アシスタントの満島絢子です」

「どうも」

曽我は素っ気なく言い、カバー見本を持ってきて広げた。すでに三巻分のカバーが上がっている。

第一巻のモチーフカラーは緑。草深い国家の、初々《ういうい》しい曙《あけぼの》をイメージしたものだという。銅剣をかたどった図像が、アイコンとなっている。

第二巻のモチーフカラーは青。神武《じんむ》の東征《とうせい》軍が瀬戸内海《せとないかい》の波をかき分けてゆくイメージから取ったもので、アイコンは古代船。

第三巻のモチーフカラーは赤。倭建命《やまとたけるのみこと》が遠征中に野火攻《のびぜ》めに遭《あ》う、その紅蓮《ぐれん》の炎がイメージだ。アイコンは白鳥。倭建命は死後、白鳥に姿を変えて飛び立ったという。

いずれもモチーフカラーの淡い色使いが絶妙で、抽象画のようなアイコンも利いていた。『小説 古事記』のタイトル文字は墨書風《ぼくしょふう》で、くっきり目に飛び込んでくる。

「一気に仕上げてくれたんだね」

「だって三巻、書店に並ぶんでしょ。だったら三つ並んだときのハーモニーを考えてつくらなきゃ」

「どうだい、絢ちゃん」

「素晴《すば》らしいです。まるで芸術作品みたい」

その言葉に曽我がぴくりと反応した。

「そう言ってくれるのは有り難いけど、装丁家はいつも商業の方に片足を置いておくものですよ。書店に並べたとき、どう見えるか。お客さんは手に取ってくれるか。そういうことを計算して、芸術と商業のバランスを取るんです」

「申し訳ありませんでした」

「いえ」曽我はぴしりと手のひらを見せた。「アシスタントと仰ったから、今後のためにと思いましてね」

「ありがとうございます。勉強になります」

「これなら問題ないね。曽我に頼んで良かったよ」

「ところで、この島津さんて、あの島津さんですよね」

「そうだけど、知ってたっけ？」

「むかし、他社で一冊やらせてもらったことがあるんです」

「そっか。島津にはこの作品で完全復活を果たしてもらうつもりだ。それにふさわしいカバーだよ。ありがとう」

帰りの下り坂は休憩なしで恵比寿駅までおりて、絢子はそこで岩田と別れた。改札に消えていく岩田の足取りが気懸《きが》かりだった。風が吹いたら飛んでしまいそうなほど心許《こころもと》なく、背中も一回り小さくなった気がする。

帰社してカバー見本を披露《ひろう》すると、メンバーから歓声《かんせい》が上がった。営業から戻ってきた竜己は「これが上がるのを待ってたんだよ」と目を爛爛《らんらん》と光らせた。

「社長、ご出馬願います」

「よし、行くか。絢ちゃん、これからの編集は何でもできなきゃだめだ。一週間の営業旅行に出るぞ」

新大阪駅で地下鉄に乗《の》り換《か》えて、郊外《こうがい》の駅に降り立った。こぢんまりした商店街を歩きながら石丸が、「立花《たちばな》さんには第一巻のゲラをお届けしてあるよね？」と訊ねた。

「ういっす。二日前に届いてるはずです」

石丸が絢子にレクチャーする。

「立花書店の立花さんは、大阪イチの本の目利きと言われていてね。うちも創業以来、お世話になっている。関西の本好きは、わざわざ電車を乗り継《つ》いでやって来るんだよ」

絢子は立花書店の本棚《ほんだな》を想像して胸が高鳴った。目利きのつくった本棚ほど素晴らしい小宇宙はこの世にない。思わず「参りました」と頭を下げたくなる時もあるほどだ。ところが、石丸と竜己が足を止めた軒先《のきさき》で、絢子はぽかんと口を開けてしまった。

八百屋《やおや》だ。いや、雑貨屋？

店先には小松菜《こまつな》やタマネギや椎茸《しいたけ》が並び（どれも新鮮《しんせん》で美味《おい》しそうだ）、入口付近には藍染《あいぞめ》の手ぬぐいや和傘《わがさ》、ハーブティーまで置いてある。

「ごめんください」

竜己が声を掛けると、帳場《ちょうば》の奥から立花が出てきた。まん丸の大きな黒縁眼鏡《くろぶちめがね》を掛けている。レンズはいわゆる牛乳瓶底《ぎゅうにゅうびんぞこ》だ。

「竜己くん、久しぶりやないか」

立花のシャツは半分がズボンにしまわれ、もう半分は出ていた。控《ひか》えめに言っても、身なりには構わない人物らしい。

「社長、ご無沙汰《ぶさた》しております」

「おお、石丸くんも久しぶり」

「こちらはうちでアシスタントをしている満島です」

「はじめまして。満島絢子と申します」

「どうも、こんな狭《せま》い店に遠路はるばる」

立花はそう言ったが、個人商店としては決して小さくない。雑貨コーナーに隣接《りんせつ》してちょっとした喫茶《きっさ》スペースがあり、その奥《おく》から書店スペースが始まる。全体的にごちゃごちゃしているが、この店に足を踏み入れたら何かしら買わずには出られないだろう、と予感させる不思議な雰囲気に満ちていた。

立花は店先に貼紙をした。

〝ただいま店主外出中。ご用の方はケータイまで。090―×××〟

立花の案内で、商店街の中ほどにある喫茶店に入った。

「社長、大丈夫なんスか。店空けちゃって」

「かまへん、かまへん。どうせ昼までは野菜を買うオバチャンばっかりや。うちの野菜は全品二百円均一だから、ちゃりんと置いていってくれんねん」

「ほんとに野菜も始めたんスね」

「生駒《いこま》に知り合いの有機農家さんがおってな。でも、野菜は売っても魂《たましい》は売らんよ。うちはあくまで本屋です」

「立花さんは本を売るために、ほかの物を売ってらっしゃるんだ」

と石丸が絢子に説明した。そこの順序を取り違えてはいけないらしい。

「ところで、見たでゲラ。えらい人を引っ張り出して来たもんやな」

「いかがでしょう？」

一瞬《いっしゅん》のうちに、石丸が判決を待つ原告のような面持ちになった。

「島津正臣《まさおみ》いうたら、三十年ほど前の『天使になったチンピラ』。たしかうちでも六十四冊ほど売らせて貰《もら》ったな」

「よく覚えてらっしゃいますね」

立花はこめかみを指でトントンと叩き、頭の中にデータベースが入っていることをアピールした。

「そういえば、カバーが上がったんです」

竜己が三巻分のカバーを広げた。立花は「ほう」と、顔の半分くらいありそうな瓶底メガネをずり上げ、じっと見入った。

「じつはゲラを読んで、三十二冊ずつ注文しよ思てたんやけど、気が変わった。プラス十、四十二冊ずつ頂こか」

「ありがとうございます！」

石丸と竜己が声を張った。「立花社長にそれだけ注文を頂けると心強いです」

「うちの店は古代史ファンがついとんねん。たとえばむかし、黒岩重吾《くろいわじゆうご》『鬼道の女王　卑弥呼《ひみこ》』を二百五十八冊ほど売った。今でもときどき売れよる。まああの人は、ご当地作家いう利点もあるけどね」

「立花社長は、お客さんの顔を一人ひとり把握《はあく》しておられるんだ」

と石丸が絢子に言った。「今回はパッと、三十二人の顔が浮かばれたんですね」

「うん。そこまでは確実に売れると見た。でもこのカバーなら、あと十はいける。四十二冊、責任をもって売らせて頂きます」

「ありがとうございます。絢ちゃん、よく覚えておいて。立花書店さんの返品率はうちの特約店の中でもダントツに低くて、三%を切ってるんだよ」

「凄《すご》い……」

それが本当に凄いことは絢子にもわかる。業界の平均返品率は四割近いのだ。

「なーに。行ったり来たりはムダやし、こっちも『ぴったり仕入れて売り切ったろ』っちゅうゲーム感覚を愉《たの》しんどるんや」

「日本一の目利きといわれる所以《ゆえん》さ」

「んもう。おだてられたら返品しにくくなるやないか。でもほんまなら、六十冊くらい行けたはずなんやけどね。うちの常連さんも足腰《あしこし》立たんようになって、ずいぶんと減《へ》ったよ。

若い人は本屋なんて近寄らんし」

「やっぱりそうですか。若い人は、もう本に戻って来ないんですかね」

「本を読まんのはその人が孤独《こどく》でない証拠《しょうこ》や、とむかし太宰《だざい》が言うたけど、今の人はつながり過ぎてんのかもしれんな。スマホでつながったところで孤独には違いないんやけど、気はまぎれる。ところでこの本、いつ出るん？」

「二巻までが来月末、三巻はその二ヶ月後くらいかと」

「えっ、三巻同時ちゃうん？」

瓶底レンズの奥で、立花の瞳孔《どうこう》が開いたまま固まった。

「じつは諸事情ありまして」

「勿体《もったい》ないわ。事情ってなんやねん」

石丸はＣＴ社のことから、クラウド・ファンディングのことまで、すっかり説明した。聞き終えて立花は「そらキッツイな」と言った。「事情はわかったけど、返すがえすも三巻の売り逃しが惜しいな」

「売り逃しますかね？」

竜己が片頬《かたほお》をひきつらせた。

「こういう本は、ごっそり三巻まとめて買っていかはるお客さんも多い。遠方のお客さんは特にそうや。二ヶ月のあいだ、続きを読むモチベーションが続くかどうか……。最近のお客さんは堪《こら》え性がないんよ。でもまあ、言っても仕方ないよな。このあとはどこへ行くん？」

「キタへ戻って、辻《つじ》さんのところに」

「おお、辻さん。よろしう伝えて。そのクラウドなんとかは、いつアップされるん？」

「早ければ明日あさってにでも。募集画面がアップされたらお知らせしますね」

「そうして。豪華本、買わせてもらうで」

「ありがとうございます」

石丸が伝票を持って立ち上がると「あかんあかん。ここは俺のテリトリーや」と立花が払ってくれた。

もういちど立花書店へ戻り、おいとまを告げる際、絢子は持ち前の能力で本棚をざっと目に焼きつけた。硬軟を自在にちりばめたハーモニーが予想以上に素晴らしい。いつかプライベートでじっくり本を買いに来ようと思った。

三人は次に、大阪有数の大型書店の店長である辻を訪ねた。

「いやぁ、暑《あ》っついな、今日も。バックヤードの冷房《れいぼう》が壊《こわ》れてしもて、仕事にならんわ」

辻はでっぷり太った巨漢で、ワイシャツの襟元《えりもと》に一摑《ひとつか》みほどの肉が乗っている。

「今日はどっから来たん？」

「いま、立花書店さんを訪問して参りました」と石丸が言った。

「おお、おっちゃん元気にしとった？」

「はい」

「あっこも生き延びるためにいろいろ売りよる。この前は茶碗《ちゃわん》を置いたけど、客に二つ割られて敵《かな》わん言うて止《や》めよった。野菜が本より売れてな。そのうち立花書店いう名前の八百屋になるんちゃうか、言うて笑っとったんや。で、今日は古事記やったな」

はい、と竜己がカバー見本を取り出した。

「ふむ、『小説 古事記』か。おーい、野田《のだ》くんと霧島《きりしま》くん呼んで」

二人の女性店員がやって来た。

「はじめまして。文芸を担当しております野田です」

絢子と同じくらいの年頃の、色の白い人だ。

「歴史担当の霧島です」

こちらは絢子の母親に近いベテランさん。

名刺《めいし》が五叉路《ごさろ》のように行き交うのを待って、辻店長が口を開いた。

「イシマル書房さんは小説も歴史も初めてや。ようしたってな。社運を賭けた本で、島津正臣いうたら往年の売れっ子作家。さて、なんぼずつ置く？」

若い野田がカバー見本を見ながら、「うーん」と考え始めた。

「野田くんはゲラ読ませてもろたんやろ？」

「はい。一巻の」

「どうやった?」

「よかったです。年季の入った作家さんらしい、おちついた筆致《ひっち》で。勉強になりました」

「そうか。で、幾《いく》つや?」

「十五ずつでよろしいでしょうか」

「よっしゃ。霧島くんの棚には幾ついこか?」

「そうですね。とりあえず各五でお願いします」

「よし、それじゃ合わせて各二十。遠いところを来てもろたんや。店長権限であと五ずつ行きましょ。レジ脇《わき》にしばらく置かせてもらいます。各二十五。で、搬入《はんにゅう》はいつでっか?」

「ありがとうございます。はじめの二巻が来月末、三巻がその二ヶ月後の予定です」

竜己が言うと、三人が同時に「えっ⁉」と声をあげた。

「なんで三巻同時じゃないの?」

石丸は先程《さきほど》と同じ説明を繰り返さざるを得なかった。

「ほうか……それじゃまあ、仕方ありませんな。遠いところご苦労さんでした」

絢子はビルを出てから「どうしてみなさん、三巻同時にこだわるのでしょう?」と竜己に訊ねた。

「こちらの書店さんで二ヶ月のあいだ平置きにしてもらうのは難しい。新刊が波のように押し寄せるから。となると三巻が出る頃には一、二巻は棚差しになってる。やっぱり見栄《みば》えがしないよね。さっと三つ並べて、売り切りたいんだよ」

三人はこのあと四軒の書店さんを回り、あわせて各五十冊を超える注文をもらった。そして串揚屋《くしあげや》で夕食を済ませて、ビジネスホテルにチェックインした。

絢子がシャワーを浴びてベッドに入ろうとしたとき、石丸からＬＩＮＥが入っていることに気がついた。

「クラウドの募集画面がアップされました。気づいたことがあったら教えてください」

ベッドに横になりサイトを開くと、「新着プロジェクト」の筆頭《ひっとう》にアップされている。まず目に飛び込んできたのは、石丸の起草文だった。

『小説 古事記』発刊へ向けて、ご支援のお願い

イシマル書房　代表取締役社長　石丸周二

人生で決定的な影響《えいきょう》を受けた本がありますか？

最近、本を読んで感動したことがありますか？

仲間や大切な人に、ぜひとも読んでもらいたい本がありますか？

若い頃の僕は、自信を持って「ある」と答えることができました。僕の周囲にも、「ある」と即答できる人が何人もいました。しかし次第《しだい》に、そういう人たちは姿を消していきました。かつて本について語り合った仲間たちは、それぞれの仕事に取り組むうちに、誰《だれ》も本の話をしなくなったのです。

「人生に影響を与えてくれる本」

「感動する本」

「思わず人に勧めたくなる本」

僕がイシマル書房を起こした理由は、そんな本をつくりたかったからです。

大人になってから「心の一冊」と出逢えない人生は貧しくないか？

そんな本を提供できていない自分たちにも責任があるんじゃないか？

今から思えば、そんな気負いがありました。

しかし現実は厳しいものでした。正直言って、イシマル書房は崖《がけ》っぷちに立たされております。この『小説 古事記』プロジェクトがうまく行かなかったら、今あるかたちでの存続は不可能で、おそらく「身売り」することになるでしょう。経営不振のプロ野球球団がしばしばそうするように。

生き延びる。

僕はイシマル書房のテーマを、この一点に絞《しぼ》りました。

かつてフィリピンのジャングルで三十年ものあいだ、たった一人で生き延びた日本兵がいました。小野田寛郎《おのだひろお》さんです。彼は生き延びるために、トカゲを捕らえ、ヘビを食べました。毎日を生き延びることが、彼の人生の全《すべ》てだったのです。生き延びることを諦《あきら》めるのは、じつは簡単なことだと思います。

僕が資金繰りに追われ、自分の力不足を痛感していたとき、ある出会いがありました。作家の島津正臣さんとの出会いです。島津さんはかつて「剽窃疑惑《ひょうせつぎわく》」の責任をとって、潔《いさぎよ》く筆を折りました。意図的ではない、不可抗力《ふかこうりょく》とでもいうべきものでしたが、「島津正臣」のペンネームを自ら葬《ほうむ》られたのです。

島津さんはそんなご自分の過去と、いまイシマル書房の置かれた状況をリンクさせ、『小説 古事記』の依頼を引き受けて下さいました。（くわしい経緯《けいい》は、動画のインタビューをご覧ください）

イシマル書房が皆さまにお約束するリターンは、『小説 古事記』の豪華三巻セットです。今はお目に掛からなくなった活版印刷で組んだ美しい字組の本を、重厚な函入り、革張りでお届けします。弊社《へいしゃ》は倒産《とうさん》の危機にありますが、手を抜かずに造ったものを百%お届け致しますのでご安心ください。

皆さまからご支援いただいた資金は、書店で売る三巻本の製作費となります。一円たりとも無駄《むだ》にしないことをお約束いたします。

さて、肝心《かんじん》の小説の中身についてですが、これは「面白い」と自信を持って言わせて頂きます。この本の編集を担当してくださった岩田鉄夫《てつお》さんは、小説をこう定義しています。

「根も葉もある嘘《うそ》をつき、作品に生命を吹き込んで、読者の心を揺《ゆ》さぶるもの」

これで言うと、古事記の作者は大作家だったようです。

嘘のスケールが違います。生命の息吹が新鮮です。この素材を、島津さんが心血注ぎ現代に甦《よみがえ》らせてくれました。日本人なら誰もが知っておくべき、「この国のかたち」の原初の姿です。（くどいようですが、ぜひ動画をご覧ください）

皆さん、お願いです。僕らを打席に立たせて下さい。バットを振らせて下さい。イシマル書房、渾身《こんしん》の一撃を見せてご覧《らん》にいれます。何卒《なにとぞ》、ご支援をお願い申し上げる次第であります。

絢子が続けて動画を開くと、島津のインタビューが始まった。島津は過去の事件や、執筆《しっぴつ》を引き受けた経緯《けいい》について、石丸の質問に率直に答えていた。なかでも「この作品で二十四年前の罪《つみ》を雪《そそ》ぎたい」という発言は胸に響《ひび》いた。

それが終わると、小説の各論について質問が始まった。

――なぜ天孫族の出身地を中国の江南《こうなん》地方にしたのですか？

島津　もともと文化や気候も似ているし、たとえば『魏志倭人伝《ぎしわじんでん》』の書き手の頭の中には、「倭人は呉《ご》の民の近縁人種だ」という意識があったと思う。おそらくそれが当時の大陸知識人の「常識」だったんだろう。近年の稲のDNA分析でも、江南から直接日本に伝来したルートがあったことは明らかだ。それに古事記には、天孫族が降臨したのは「笠沙《かささ》の岬《みさき》」だと記されている。いまの鹿児島県の西南地方のことだ。坊津《ぼうのつ》にも近い。坊津といえばかつて殷賑《いんしん》を極めた港で、遣唐使の寄港地でもあった。遣唐使にはいくつかの派遣ルートがあったが、そのひとつが東シナ海を突っ切るルート。

そして興味深いことに、遣唐使船が難破すると、坊津あたりに漂着《ひょうちゃく》するんだよ。

——ということは？

島津　つまり、長江下流域と笠沙の岬を結ぶ海流が、はるか古代から流れていたということ。これは古代の高速道路みたいなものだよ。江南地方の難民が船を浮かべると、一定の割合で笠沙の岬に着くんだ。海流と季節風が日本人をつくったと言ってもいい。

島津はこのほかに一巻の見どころとして「出雲族の無念」と「敗者の歴史としての古事記」を挙げた。二巻は戦記として堪能《たんのう》してもらい、三巻では倭建命《やまとたけるのみこと》の悲劇を通じて、「日本人の判官《ほうがん》びいきの原型が見える」とコメントした。

動画の後半では、豪華本の製作過程が紹介されていた。活字を拾う祖父の手元がクローズアップされたあと、「無学の職人にもいい原稿だとわかりました」という発言が挿入《そうにゅう》された。そして父と叔父が革を貼るシーンには、解説のテロップとナレーションが入った。

絢子は観終《みお》わってトップ画面に戻った。すでに四人の支援者が購入《こうにゅう》してくれている。誰だろう。いいペースだ。

翌日、三人は中小書店を十二軒まわった。炎天下の大阪の暑さは格別のもので、ホテルに戻る頃には、肌から塩を噴いていた。「二人ともご苦労さん。明日は六軒まわったあと、三時過ぎに博多《はかた》行きの新幹線に乗ります」と石丸が解散を告げた。

翌日も暑かった。書店まわりを終えてへとへとになり、新大阪駅へ向かおうとしたとき、辻店長から竜己に電話が入った。

「ええ……はい。承知しました。では改札で」

「どうした？」

「なんか、見送りに来てくれるらしいっス」

「へえ。わざわざ？」

「まあ店から近いですからね」

新幹線の改札まで行くと、辻が立っていた。巨漢なので遠目からでもよく目立つ。滝《たき》のような汗をかき、手にしたハンカチは絞《しぼ》れそうなくらいびっしょりだ。

「辻さん、わざわざありがとうございます」と石丸が言った。

「やあやあ。クラウド、拝見しましたで。野田も霧島も、えらい感激してました。もちろん私も。豪華本、三人とも買わせてもらいました」

「ありがとうございます。なんとお礼を言っていいのやら」

「それと、これ」

辻が一枚の紙を差し出した。注文書だ。

「各二十、追加頼みますわ。きのう、クラウドを見た立花のおっちゃんから電話がありましてね。『あの人ら、めっちゃ頑張ってるやん。金ないやん。瀬戸際やん。このまま土産も持たさず帰したら、大阪の書店人の名折れでっせ。追加注文、出しましょ。売り切りましょ。返品厳禁。約束でっせ辻はん』ですって。おっちゃんもクラウド買《こ》うた言うてました」

最初の四人はこの人たちだったのだ、と絢子は思った。石丸はあふれる汗をぬぐいもせず、「たしかに受け取りました」と深々と頭を下げた。すこし声が震《ふる》えているみたいだった。

「しょーもない餞別《せんべつ》で申し訳ありません。ほなまた。楽しみにしてまっせ」

三人は辻の後ろ姿を見送った。暑さにふうふう言う声が聞こえてきそうな大きな背中が、やがて人混みに消えていった。

「有り難いっスね」

「ああ。大阪には一生足を向けて眠れないな」

三人は博多行きの新幹線に乗った。

岡山《おかやま》を過ぎたあたりで、石丸が「あ、美代からだ」とスマホを見た。

「『クラウドの募集画面を見たネットニュース配信会社の記者さんから、取材の申し込みがありました。すぐにでも配信したいので、早急にセッティングしてほしいとのこと』だって」

「反響第一段スね。どうします？」

「こっちも早い方がいい。美代に同行してもらって、明日にでも取材してもらおう」

博多に着いた晩は、豚骨《とんこつ》ラーメンを食べて早々にホテルにチェックインした。

翌日は天神《てんじん》を中心に八軒の書店さんを回り、夜になって大分へ向かった。ここからは、これまでイシマル書房があまりリーチできていなかった地域に入る。交渉《こうしょう》窓口も、地元でチェーン展開する書店本部での一括《いっかつ》仕入れがメインだ。

午前中に大分《おおいた》の書店本部で各百冊の注文をもらったあと、すぐにJR日豊《にっぽう》本線で宮崎《みやざき》へ向かった。ごとごと、三時間以上揺られる。

「あ、美代から。取材無事に終わったって」

「うぃっす」

「はい……」

暑さと疲れで、さすがに三人とも無口になる。ところが夕方に訪れたチェーン本部の役員が用意していたのは、望外な一言だった。

「宮崎には天孫族のふるさと、高千穂《たかちほ》があります。いわばこれはご当地本。各三百ずつ頂きましょう」

三人の疲れが吹っ飛んだのも束の間、

「ただしひとつだけお願いがあります。第三巻が出来てからの一括搬入《いっかつはんにゅう》にして頂きたいのです。そちらの方がインパクトがありますから。三つ並べて、うちの全店舗で一等地展開しますよ」

その晩、三人は宮崎市内の居酒屋で夕食をとった。明日の朝イチで鹿児島《かごしま》へ向かい、夕方の便で東京に帰るので、これが最後の晩餐《ばんさん》となる。

「ふーっ、長かったな。でも来た甲斐《かい》があったよ」

「はい。それにしてもみなさん、三巻推《お》しがハンパないっスね」

「やっぱりうちは弱小だからな。立花さんも言っていた通り、あいだが空くと読者の興味が続くまい、ということなんだろう」

「やっぱダメっすかね、三巻同時発売」

「うん……」

行儀《ぎょうぎ》のいい石丸が珍《めずら》しく、チキン南蛮《なんばん》のタルタルソースを箸《はし》でいじった。「印刷費さえあれば、俺も三巻同時でいきたいと思い始めた。いま、クラウド何人？」

絢子はスマホを開き「三十四人です」と言った。石丸がため息をつく。このペースでは目標の六百人もおぼつかない。

翌日、鹿児島のチェーン店の仕入れ担当者がやってきたとき、絢子はあまりのことに息を呑んだ。太い眉《まゆ》、くりくりの瞳《ひとみ》、四角い輪郭《りんかく》。教科書や上野《うえの》の銅像で見る西郷隆盛《さいごうたかもり》にそっくりだった。

「ようこそおいでくださいました」

西郷《せご》どんが言った。重々しい響きだ。本物もこういう声だったかもしれない。

「担当者がゲラを拝読しました。クラウド・ファンディングの内容も拝見しました。各百五十ずつ頂きましょう」

さすがは薩摩《さつま》隼人《はやと》、男らしい注文の仕方だ。

「ありがとうございます」と竜己が頭を下げた。「きのうは宮崎でもたくさんご注文を頂き、本当にお願いに上がった甲斐がありました」

ほう、と西郷どんの目が光った。「宮崎ではどれほど？」

「ご当地本ということで、各三百頂きました」

「三百？　ご当地本だから？」

西郷どんは眉間《みけん》にしわを寄せ、「それではうちは三百十五……いや三百二十ずつ頂きましょう」

「えっ⁉」

「天孫族のふるさとは鹿児島です。それに島津先生は大隅《おおすみ》にルーツをお持ちだとか。ご当地本というなら、こちらが本家です」

「はい……。ありがとうございます」

三人は思わぬ戦果に、ほくほく顔で空港へ向かった。そしてフライト待ちをしていたとき、美代さんから事件を知らせる電話が入った。

「えっ、嘘でしょ？　なにそれ。ちょっと待って、いま見てみるから」

石丸は竜己からスマホを借り、電話をつないだままサイトを開いた。

「なんじゃこれ！」

画面に映し出されたのは、大きな見出しと島津のインタビュー写真だった。


盗作疑惑で消えた作家が二十四年ぶりに復活！

「あのとき、僕がやってしまったことの〝真実〟を語ろう」


石丸が美代さんから連絡先を聞き、取材記者のケータイを鳴らしているあいだ、絢子と竜己はインタビュー記事にざっと目を通した。

「だめだ、つながらねぇ」

と石丸が舌打ちした。

「これ、ひどいっスね。『盗作』をフィーチャーしまくってます。これじゃまるで島津先生が……。こんなインタビュー内容だったんスか？」

「いや、美代いわく、ごく普通の著者インタビューだったらしい。あとで面白おかしく変えたんだ」

石丸は三分おきに記者のケータイを鳴らしたが出なかった。しびれを切らせて先方の会社へ電話したものの、「ただいま外出中です」の一点張り。

やがて搭乗《とうじょう》時間がやって来て、三人はむなしくスマホの電源を切った。

羽田《はねだ》までは二時間弱の道のりだ。このあいだにも記事が拡散しているのかと思うと、絢子は雲の上で気が気でなかった。脳裏《のうり》に焼きつけたインタビュー記事を思い返す。たとえばこんなくだり。

「……と島津さんはあくまで謙虚《けんきょ》に過去の『盗作』と向き合う」

「どこからが盗作で、どこからが引用なのだろう。答えは依然として藪《やぶ》の中だ」

「作家にとって致命的《ちめいてき》な出来事から二十四年。島津さんは再起を誓《ちか》ってくれた」

巧妙《こうみよう》に客観を装ってはいるが、ページビューを稼《かせ》ぐために読者の野次馬《やじうま》根性をくすぐっているのは明らかだ。石丸がとなりで絶え間なく貧乏《びんぼう》ゆすりをしている。こんな石丸を見るのは初めてだった。

「このタイミングじゃ、注文を下さった方々を騙《だま》したみたいで申し訳が立たない。島津先生もどう思われるか……。全てが水の泡《あわ》になっちまう」

「羽田についたら、そいつの会社に乗り込みましょう」

「うん、そうするか」

「俺が一発カマしますんで」

「ああ、腕力《わんりよく》以外のすべてに訴《うつた》えよう。即時配信停止だ」

羽田に着くや否や、三人はスマホの電源を入れた。石丸は到着ロビーへ歩きつつ、何度も記者に電話を入れる。出ない。

「奴の会社、天王洲《てんのうず》っスね」

「近いな。行こう」

そのとき絢子が異変に気づいた。「……増えてます」

「なにが？」

石丸が絢子のスマホを覗《のぞ》き込んだ。「ほんとだ。何これ……」

クラウドの支援者数が二百人を突破《とっぱ》し、一人、また一人と増えていく。

「この記事を読んで飛んできた人たちが、買ってくれているんですね」

「うん……」

三人はその場に立ち尽くし、画面に見入った。支援者のカウント数が「２２１」を指し示したとき、石丸のスマホが震えた。記者からだった。

「どうも、石丸です～。記事、読みました。すばらしい内容ですね。感謝を伝えたくて何度も電話しちゃいました。申し訳ありません」

竜己と絢子は吉本新喜劇《よしもとしんきげき》のようにずっこけたが、石丸は電話を切ると厳しい顔つきになった。「島津先生にご報告しないとな」と電話をプッシュする。

「……という訳でして。ええ……申し訳ありません。まさかこちらに原稿チェックもさせずにアップするとは……。いえ、そう言って頂けるのは有り難いですが……はい。それでは引き続き原稿を楽しみにしております。申し訳ありませんでした」

石丸は電話を切り、ふーっと息を吐いた。

「先生、気にするなって。はじめから過去の恥を晒《さら》すつもりなんだ、むしろ怪我《けが》の功名《こうみょう》じゃないかって」

この事件には続きがあった。

翌朝、絢子は起きると同時に枕元《まくらもと》のスマホでクラウド・ファンディングのサイトを開き、あごが外れそうになった。支援者数が目標の六百人に迫る勢いなのだ。どうやら深夜の時間帯に、この記事がヤフーニュースのトップに掲載《けいさい》されたらしい。

「剽窃《ひょうせつ》疑惑で消えた作家の勝負作」という見出しだった。

支援者数が七百人を超えた昼過ぎ、お祭り騒《さわ》ぎは終息に向かった。ネットユーザーたちはイナゴの大群のように飛来し、またたく間に去って行ったのだ。

「絢ちゃんのご実家に連絡を入れないとね」と美代さんが言った。

すると石丸が原価計算書と睨《にら》めっこをしながら、電卓《でんたく》を弾《はじ》き始めた。

「どうしたの？」美代さんが訊ねた。

「三巻同時に刷れないかな、と思ってさ。一万ずつ。書店さんはみんなそっちの方がいいって言うんだよ」

「やっぱり足りないな……」

「どう？」

このネットニュース騒動で、『古事記プロジェクト』は出版界隈《かいわい》のちょっとしたトピックになった。出版ネタがヤフーニュースのトップに来ることはあまりない。

まず、島津のかつての同期作家二名が支援を名乗り出てくれた。

「どえらい男が帰ってきました。なんとあの島津正臣が完全復活！　若い人は知らないかもしれないけど、島津さんこそ我らの世代のエースでした。泣けるんだよなぁ、島津作品てどれもこれも。僕は発売まで待ちきれないので、豪華本を買って一足先に読みます！」

「私もクラウド・ファンディングで豪華本を買いました。それにしても島津正臣が二十四年ぶりに書く作品が『小説 古事記』だと知ったとき、ブルッと戦慄《せんりつ》が走りました。大演目を引っさげての真打《しんう》ち登場。今から届くのが楽しみ」

彼らが自身のＳＮＳにこう書き込むと、出版各社の担当者やファンなどが拡散につとめてくれた。

そして数日後――。

謎の紙袋が届いた。見つけたのは美代さんで、出社したらドアの前に置かれていたという。中から出てきたのは帯封《おびふう》が三本。三百万円だ。毛筆でしたためた一枚の便箋《びんせん》が添えられていた。

ゆえあって名は明かせません。

どうぞお使い下さい。

お気遣《きづか》いはご無用のこと。

8

岩田は新宿の大学病院に多治見《たじみ》を訪ねた。

相談に乗ってもらおうと連絡を入れたところ、「ちょうど昨日から三泊四日の検査入院なんです。午後は暇《ひま》だから遊びに来てくださいよ」と言われたのだ。

病院の一階にある喫茶店で待っていると、ガウンを着た多治見がやって来た。

「すみません、わざわざ。あれ、岩さん痩《や》せた？　ちゃんと食ってる？」

「もともと胃が三分の一しかないのに、この暑さだろ。そうめん半束もキツイ。そっちは？」

「ぴんぴんしてますよ。それなのに医者の野郎《やろう》が脅《おど》しやがる。どうです、古事記の方は？」

「原稿は全てアップした」

「やったね、島津さん」

「ああ、本当によくやってくれた」

「で、相談というのは？」

「じつはこれなんだ」

岩田は紙袋に入っていた便箋の原本をテーブルに置いた。多治見は目を走らせて、「これは？」と訊ねた。

「三百万と一緒に、イシマル書房のドアに立てかけられていた。第一感、誰だと思う？」

「……物書きじゃないかな」

多治見がつぶやいた。岩田は我が意を得たりと思ったが、顔には出さず、

「なぜそう思った？」

「お気遣いはご無用のこと。この一文が文士っぽくないですか？　普通なら『お気遣いは要《い》りません』、あるいは『不要です』と書くところでしょ。それに今、島津を同期作家たちが応援してますよね。だからその流れで。それにしても、クセの強い字だな」

たしかに一文字ずつが踊《おど》り、お世辞にも読みやすい字とは言えない。

「あっ！」多治見が叫んだ。「これ、島津本人じゃない？」

「いや、筆跡が全然ちがう」

「そっか。うーん」

「ここにコピーを持ってきたから、昔の編集仲間にも訊いてみてくれないか。この筆跡に心当たりのある編集がいるかもしれん」

「承知しました。スキャンして一斉メールしときます。で、その三百万はどうするんです?」

「使わせてもらいなよ、と言ってきた。じつはこれがあれば、三巻同時に一万二千部ずつ刷れるんだ」

「でもそんなに刷っても――」

「注文は来てる。取ってきたんだ。それだけ刷っても満数出荷したら、手元には千五百部ずつしか残らない。それに直販だから、満数に応じないと信用問題に関《かか》わる。このカネは神からの贈り物なんだよ」

「なるほど。頑張ったんだね、あの子たち」

「ああ、頑張った。こんな時代に見上げた出版人根性だと思わないか? 本当に頭の下がる思いだよ。なんとかしてあげたい」

「累計十五万、岩さんはいけると思う?」

「無理だろう」

岩田が言下に答えたのを聞いて、多治見は微《かす》かにうなずいた。同意のしるしだろう。

「若い人たちは一本気だ。ゆえに頭が固い。それが若さの特権であり弱点でもあるんだが、〝生き延びる〟には、様々なカタチがあると思うんだ。そのことを示してやるのが、年寄《としより》の役割じゃないかな」

「そうですね。もともと叡智《えいち》や広い視野が、シニア・インターンに対するリクエストでしたもんね」

「ふふふ、それがあればこっちも苦労しないんだがな。邪魔《じゃま》したね。また軽く飲《や》りに行こうや」

「うん。岩さんも体に気をつけてね」

岩田はその足で青梅《おうめ》に向かった。島津の家を訪れると、ちょうど絢子が第三巻のゲラと参考文献の突き合わせを終えたところだった。

「お疲れ。どう、問題なかった？」

「ありませんでした」

「これで、校了だな」

島津がうなずいた。ひと仕事了《お》えた作家独特の、白っぽい顔をしている。すべてを出し切り、心身が空洞《うつろ》になっているのだ。

「ところでこれなんだが」

岩田は便箋を差し出して説明を始めた。はじめ島津は「へえ？」と白っぽい顔のまま説明を聞いていたが、やがて頬《ほお》に血の気がさし、目つきも冴《さ》え返った。

「これ、左利きの人が書いたと思うんですよね」と絢子が言った。

「なぜ？」岩田が訊ねた。

「わたし、お習字をやっていたことがあるんですが、左利きの人はこんなふうに字が左に傾《かたむ》くことが多いって先生が言ってました」

あらためて便箋を見ると、たしかに全体的に左へ傾いている。

島津が無言で立ち上がった。

書斎《しょさい》でがさがさ抽斗《ひきだし》をひっくり返す音が聞こえたあと、島津は古ぼけた一通の封筒《ふうとう》を持ってきた。裏の差出人名を見て岩田は驚いた。

山岡茂樹

島津の許可を得て手紙を取り出したが、読むまでもなかった。そっくりの筆跡だ。

「山岡さんだったのか……」

島津の〝剽窃元〟となった歴史小説の大家である。

岩田は一瞬《いっしゅん》のうちに、山岡の短編小説を読んだ気分にさせられた。テーマは「二十四年に及ぶ後悔」。あの八行のために島津が失われた二十四年間を過ごしてきたことを、山岡はずっと苦にしてきたのだ。

「山岡さん、こんな手紙を呉《く》れていたんだね」

「ああ。あのとき謝罪の手紙を出したら、すぐに返信が来《こ》れたんだ」

山岡茂樹といえば、出版社の役員クラスですら恐懼《きょうく》する存在だった。築地《つきじ》の昆布《こんぶ》問屋の丁稚《でっち》あがりで、四十歳を過ぎてデビューした遅咲《おそざ》き。苦労人ゆえに初めはとっつきにくい所があるが、長く担当をつとめた者ほど心服者《しんぷくしゃ》が多い、というのが定評だった。

「たしか、もう八十五、六歳になるよな?」と岩田が言った。

島津はそれには答えず、「俺、どうすればいいんだろう」と困惑《こんわく》の表情を浮かべた。山岡に対して、何から何まで負い目を抱えた心地がするのだろう。それは皆で分担して背負ってやらねばならない。

「お前は気にしなくていいよ。これはあくまでイシマル書房への申し出だ。こっちに任せてもらおう」

岩田は多治見にメールを打った。

「山岡茂樹って左利き? 元担当に訊いてみてくれる?」

承知しました、と返事があった数時間後にまたメールがきた。

「左利きです。相当な悪筆《あくひつ》で、担当者泣かせだったとか」

答え合わせは終わった。岩田は手紙をしたためた。自分の素性《すじよう》をあかし、あの事件の担当編集者であったこと、いまイシマル書房を手伝っていること、あの金の出どころは先生ではないかと思っていること。

数日後、返事がきた。

謹啓《きんけい》、益々《ますます》ご清栄のことと存じます。

貴兄《きけい》のことは存じ上げております。

その節のことは悔恨《かいこん》の極《きわ》み、今更宥恕《いまさらゆうじよ》を乞《こ》うあたわずと雖《いえど》も、ここに伏して深謝《しんしゃ》する次第であります。

返すがえすも、島津さんには取り返しのつかぬことを致しました。

さて、お申し越しの件、当方には心当たりがございません。

しかし、いらぬお節介を承知で申し上げるなら、

至誠《しせい》にして動かざるをいまだ知らず、

あなた方の出版活動に心動かされた人の寸志《すんし》でありましょう。

こころよく使われては如何《いかが》ですか。

尚《なお》、このことは、島津さんにはご他言ご無用に願います。

「小説 古事記」、愉《たの》しみに精読《せいどく》致します。

謹白《きんぱく》

山岡茂樹　拝

岩田鉄夫様

心当たりはないと言いながら、やはり筆跡はそっくりだった。

岩田は微笑《びしょう》を誘われた。世俗の処理に際しては阿吽《あうん》の呼吸を求め、おのれの善意に関しては白を切り、そこはかとないユーモアを忘れない。その姿勢に、往年の文士気質を見る思いがしたのだ。

と同時に、山岡の老いたる魂には共鳴せずにいられなかった。老い先が見えてきた者にとって何より優先するのは、この身の後始末である。そしてそれは、自分と関《かか》わりのある後進へ何事かを言《こと》づけることなのだ。

岩田はその想《おも》いを胸に秘《ひ》め、ボストンへ飛び立った。金は使わせてもらうことに決まり、第三巻も印刷に回ったので、ひとまずお役御免《やくごめん》の心境だった。

十三時間におよぶフライトはきつかったが、空港で息子の裕一《ゆういち》一家に迎えられると、自然と顔がほころんだ。

「お義父《とう》さん、お久しぶりです。ようこそおいでくださいました。ほら、和樹《かずき》もご挨拶《あいさつ》して」

嫁の香織《かおり》にうながされて、十一歳になる和樹が「やあ、おじいちゃん。久しぶり」と軽いハイタッチを求めてきた。

逢うのは一年ぶりだが、また少し大きくなったようだ。だぶだぶのTシャツとハイカットのスニーカーが、いかにもアメリカの少年らしい。

「とりあえず、うちへ行こう」

市街地へ向かった。裕一が左ハンドルで右車線を走らせる様子が、岩田には新鮮《しんせん》だった。

裕一はボストンに赴任して四年。岩田が訪れるのは初めてのことだ。

アパートメントは、朱《あか》いレンガ造りの六階だった。

「この部屋をお使いください」

と香織が窓を開け放った。港街らしく、かすかに潮風が吹き込んでくる。

岩田は旅装を解き、ダイニングへ行って紅茶を出してもらった。

「アメリカだから、もっとだだっ広いアパートなのかと思ってたよ。バスケの試合ができるくらいの」

「これくらいが精一杯さ。ボストンは治安のいい街だけど、やっぱり中心部に近いほうが安心でね。物価も高いし」

どこか観光ガイドのような口ぶりで裕一が言った。岩田は靴《くつ》をぬいでリラックスしたかったが、アメリカ式に暮らす一家の手前、言い出しにくい。

その晩は香織の手料理でもてなしてもらい、早くに床についた。疲れていたが、時差ぼけでなかなか寝つけなかった。ようやく眠れた、と思った次の瞬間には目が覚めていた。

時計を見ると、AM４：50。

岩田は裕一たちが起き出してくる七時まで、ベッドの中でよしなし事を想って過ごした。

七時過ぎ、ミキサーで絞った野菜ジュースを片手に和樹が入ってきた。

「おはよう、グランパ。今日はハーバード大学へ行くんだって」

土曜日のことで、人出が多かった。構内を一巡《ひとめぐ》りしたあと、岩田と裕一は大学の門扉《もんぴ》に面したカフェで、レモネードを飲んで一休みした。

広大なキャンパスには、次から次と観光バスが到着する。

「いまやハーバードは、ボストン一の観光名所でね。とくに中国系の観光客が好んでやって来るんだ。タダだから」

ふと目をやると、香織と和樹が大学の芝生の上を散策《さんさく》しているのが見えた。

「ハーバードには、図書館が三十三個もあるんだよ」

裕一が本がらみの話題で、岩田の興味を惹《ひ》こうとした。

「ふーん。こっちの学生さんはまだ本を読むんだな」

「読まないと卒業できない仕組みになってるからね。週に千ページなんてザラだよ。せっかくだから、和樹も将来はこっちの大学へやろうと思ってる」

「いいかも知れないな。でも、高いんだろ」

「ああ。寮費《りょうひ》も入れれば、年間一千万近くかかる。だから『一生懸命《いっしょうけんめい》勉強して奨学金《しょうがくきん》を取るんだぞ』って、ことあるごとに洗脳してるんだ」

「英才教育だな」

岩田は視界に孫を求めた。

和樹はこちらへ戻ろうと、香織と信号待ちしているところだった。岩田の視線に気づいた和樹が手を振った。白い歯がまぶしい。岩田は手を振り返し、深い安堵《あんど》をおぼえた。

息子一家は、いま人生の夏を生きている。陽光を浴びて若葉のごとく輝《かがや》く姿が、何よりも有り難い。

その晩は、街へ出て夕食をとった。

ボストン名物のクラムチャウダー、牡蠣《かき》やロブスターの海鮮盛り、ミディアム・レアのステーキ。正直いってどれも大味でしょっぱく、岩田の口には合わなかった。香織に「お義父さんもどうぞ」と言われたときだけ、申し訳程度に口をつけた。

「あしたは自由への道巡り《フリーダム・トレイル》をして、途中のオムニ・パーカーで食事をとろう。ケネディがプロポーズした有名なホテルだよ」

「なんだい、そのフリーダムなんとかって」

「舗道《ほどう》にレンガが埋め込まれていてね。その指示通りに歩くと、ボストン茶会事件や、独立宣言を読み上げた議事堂なんかの史跡巡りができるようになっているんだ」

「ふーん」

「でもお義父さん、お疲れなんじゃありません？　とてもお痩せになったし」

と香織が言った。女の目は誤魔化《ごまか》せない。

「なに、ゆっくり行けば大丈夫。案内してもらうよ」

そう言ってはみたものの、翌日、現地に着いて十五分もするとすぐに後悔した。舗道は観光客で溢《あふ》れかえり、起伏も思っていたより激しい。岩田は坂道の途中で、とうとう息切れしてしまった。

「おじいちゃん、大丈夫？」

和樹が心配そうに言った。

「父さん、どこか人の少ないところへ行こうか」

「ああ、そうしてくれると助かる」

「チャールズ川がいいかな」

「それがいいわね」

途中のスターバックスで珈琲《コーヒー》とミネラルウォーターを買い、川沿いの遊歩道で休憩《きゅうけい》をとった。チャールズ川はたっぷりと水を湛《たた》えた美しい大河で、人々がのんびりと帆《ほ》をあやっている。おだやかな風が、散歩のような速度で頬《ほお》を撫《な》でていった。

「どう、父さん。すこしは落ち着いた?」

「お陰《かげ》さまで」

岩田はミネラルウォーターの封《ふう》を開け、向こう岸に目をやった。緑の木々に、古建築の朱レンガ、近代的な高層ビル。若いときに来ていたら、この街を好きになっていただろう。英国風のクラシカルな景色と現代性が融合《ゆうごう》した、海港の文教都市だ。

「たくさんヨットが出ているんだな」

「ヨット部の学生かな。ほら、うしろに並んでいるのがマサチューセッツ工科大学の建物なんだよ」

振り返ると、オフィスビルのような建物がずらりと並んでいる。なかなかの威容《いよう》だ。アメリカさんには敵《かな》わんな、と思う。

香織は和樹を追いかけて、百メートルくらい上流を歩いていた。あの年頃の少年ときたら、片時もじっとしていられない。

「じつは、肺に転移してるんだ」

岩田が川面を見つめてつぶやくと、裕一は短いため息を漏らした。

「そんな気がしてたんだよ。いきなりボストンに来るって言うから……」

「きょう明日、どうこうって訳じゃない。でも長旅はこれが最後になるだろう」

「ねえ、こっちで治療《ちりょう》しないか？ いい医者を紹介してもらうからさ。支店長はとても顔が広いんだ。そのツテを辿《たど》っていけばおそらく最先端の――」

「ありがとう。気持ちだけ貰っておくよ。でも、最後の緩和《かんわ》ケアだけと決めているんだ。それより、最後は俺の好きにさせてもらってもいいかな。俺なりに、生き延びてみたいんだ」

「もちろん父さんの好きにしてほしいけど、どういうこと？」

「いま、手伝ってる出版社があってな」

「うん。言ってたね」

「そこの石丸さんて若い人に教えられたんだ。生き延びるとは、いつか倒《たお》れるとき、前を向いたまま倒れるための姿勢を指すんじゃないかって。でも、違った。こっちに来て気がついたよ。主語は俺じゃないんだな。大切なのは、自分を超えたものに生き延びてもらうことなんだ」

「それはたとえば、和樹のこと？」

「もちろんそうだ。でも、和樹だけじゃない。もう少しだけ大きな――といっても自分の身の丈《たけ》に合った大きさだけど、そういうものに、ささやかながら何かを託《たく》していきたいんだ」

「わかったよ。父さんの好きにすればいい」

「こんなわがままが言えるのも、お前がしっかりしてるからだ。俺には出来過ぎた子だよ、お前は」

「父さん……」

岩田は涙声《なみだごえ》の方角を見なかった。

かわりにもういちど、向こう岸に目をやった。息子一家にはこの広々とした世界で思いっきり生きて行って欲しい、と心の底から願った。

「香織さんには、お前からそれとなく伝えてくれ」

「わかった。でも本当にあした帰っちゃうの？」

「ああ。長くいたって名残《なごり》は惜《お》しいものさ」

翌日、会社を休んだ裕一に空港まで送ってもらった。

「香織さん、あなただけが頼りだ。こいつらを頼みますよ」

と言うと、香織は目の端を光らせてうなずいた。

「和樹、しっかり勉強しろよ。英語と同じくらい日本語を磨《みが》け」

「ＯＫ」

和樹は親指を立てて微笑んだ。

岩田は機上の人となった。帰ると同時に身辺整理を始めた。

三巻が同時発売となり二週間が経《た》つと、岩田がフォローしたイシマル書房のツイッターから、続々と掲載情報が届いた。

「週刊ポストさんに取り上げられました！　島津先生の著者インタビューです」

「書評家の大下満《おおしたみつる》さんがブログで紹介してくださいました！」

「毎日新聞さんに書評が載《の》りました！」

「FM宮崎さんのラジオで紹介されました！」

「大阪書店員の会にツイートされました！」

「KTS鹿児島テレビの情報番組で紹介されました！」

ブログ、フェイスブック、ツイッターまで含《ふく》めると、何かしらメディアで取り上げられない日はなかった。とりわけ島津の同期作家が、大手新聞の日曜書評欄《らん》で取り上げてくれたのは大きかった。

「刺激的《しげきてき》な仮説と創見にみちた小説で、日本人の起源を見る思いがした。なおこの小説はクラウド・ファンディングという手法で発刊に漕《こ》ぎつけた。島津氏の覚悟が滲《にじ》んだインタビュー動画は、現在イシマル書房のHPにアップされている。涙なしには観られなかった」
最後の一文が効き、動画を観ようとやって来た人々でイシマル書房のサーバーは一時ダウンしたらしい。読者心理を知り尽くした作家の筆と言うべきだろう。

いくつかの小説誌も著者インタビューを申し出てくれた。その中には岩田の古巣《ふるす》も含まれている。貴重な誌面を使ってインデペンデントなイシマル書房に恩を売ったところで、彼らに見返りはない。

――これほどまでに惜しまれていたのか、島津は……。

岩田は病院のベッドの上で、ネットの書き込みを見て過ごした。「乞食《こじき》作家が古事記を書いたかw」「また勝手に消えろ」という心ない書き込みもあったが、「島津正臣か、なつかしいな……」「久しぶりに小説でも買ってみるか」という励《はげ》ましの声も多かった。久しぶりに読書メーターへ書き込みもした。もちろん『小説 古事記』のレビューだ。

発売一ヶ月半で重版が決まったとき、石丸から電話で相談を受けた。岩田は退院していたが、増刷の部数決定に関しては多治見と決めてもらったほうがいい。

「承知しました。多治見さんに相談してみます」

と石丸が電話口で言った。「岩田さんも体調が戻られたら、また顔を出して下さいね」

「そのうちな。でも、そっちも忙しいだろ」

「ええ。増刷に合わせて、書店さんでサイン会やトークイベントも追加決定しました。新しい帯やポップも作らなきゃいけないし、発送作業もあります」

さすがに声が弾んでいる。

「嬉しい悲鳴だな」

「お陰さまで。でも岩田さん、本当に大丈夫なんですか？」

「大丈夫だって。夏の疲れが一気に出ただけだよ」

「そうですか……。来月末、ささやかな打ち上げをします。ぜひ来てください」

「ああ。愉《たの》しみにしてるよ」

「それでは」

「うん、それじゃ」

岩田は電話を切り、頭の中でスケジュール帖《ちょう》を繰《く》った。おそらくその頃には、こちらの方もカタがついているだろうと思った。

打ち上げは、神保町《じんぼうちょう》の新世《しんせ》界菜館《かいさいかん》の個室でおこなわれた。

参加者は十名。石丸、美代、竜己、絢子、島津、岩田、多治見、マドロス書房の三宅《みやけ》、大阪から辻店長と立花も招待された。

乾杯《かんぱい》を終えると、一人ずつ短いスピーチが課された。

指名された立花が瓶底レンズの奥で目を見開き、

「初回入荷分は完売！　今後はうちの定番商品として、半永久的に棚差しさせてもらいます」

と宣言して喝采《かっさい》を浴びた。すると辻店長が「それならうちは永久平台宣言や！」とすかさず言い放ち、さらに大きな拍手を勝ち取った。

立花は眼鏡をずり上げながら、「ええとこ持ってくなぁ、しかし」とボヤき笑いを誘った。こういう席での大阪人のサービス精神は、何物にも代えがたい。

最後に石丸が挨拶に立った。

「みなさま、本当にありがとうございました」

と頭を下げて、なかなか上げなかった。上げると同時に報告した。

「本日『小説 古事記』は四刷りが決まり、累計五万六千部を突破しました。そして今回の取り組みを見た取次さんから、『口座を開いてみないか』とのお誘いを頂きました。トーハンさん、ニッパンさん、大阪屋栗田《おおさかやくりた》さんの各社からです。入金サイクルや掛け率も、一考してくださるそうです」

これにはどよめきが起こった。快挙と言っていいだろう。もし取次が口座を開いてくれたら、取扱店が爆発的に増える。長い目で見れば、本当に三冊十五万部をクリアできるかもしれない。

「しかし、残念なお知らせが一つあります。親会社のCT社から、『予定どおり売却交渉《こうしょう》に入る』と連絡がありました」

途端に会場が静まり返った。

「ただいま仮収支は二千八百万ほどのプラス。創業以来、初めての数字です。しかしイシマル書房を買い戻すまでには至りませんでした。私の力不足です。でも――」

と石丸は一人ひとりの顔を見渡した。

「ここにいる皆さまのお引き立てを頂き、一つ気がついたことがあります。それは、闘《たたか》う者だけが傷つくことができ、傷つくからこそ人の情けが身に染《し》みるのだ、ということです。ダーウィンは言いました。『強い者が生き延びるのではない。環境に適応した者が生き延びるのだ』と。僕らは生き延びるために、新たな環境に身を投じようと思います。でも出版活動はやめません。なぜなら、我々が何よりも生き延びさせなくてはいけないもの、それは『小説　古事記』だからです」

戦《いくさ》に勝って、勝負に負けた主将を励まそうと、力強い拍手が鳴り渡った。

会が果てたあと、岩田は「一杯だけ行こうや」と島津をささやかな二次会へ誘った。二人は近くのバーに入った。

「お疲れさん」

「そっちこそ」

バーボンのグラスを重ね合わせるだけで二人には充分だった。こちんと鳴る音で、岩田は本当の意味で『小説 古事記』が完結したことを知った。

「素晴らしい作品だった。いまのところ、掛け値なしにお前の最高傑作だ」

「そうかい」

島津は素っ気なく応じたが、いちど地獄をみた男の顔に、隠しきれない華が咲いていた。

この道三十年のベテランともなれば、自分の仕事の出来栄えは正確に把握できる。

岩田は琥珀《こはく》色のグラスを見つめてつぶやいた。

「それにしても、いろいろあったな」

「うん、あったね」

「トータルで見れば、俺はお前にとっていい編集者とは言えなかったと思う」

「なに言ってんの」

島津は微苦笑し、「岩さんは……」と言ったあと、続きを口の中で濁した。

この期《ご》に及んで作家にお世辞を言わせてはならぬと思い、岩田は話題を変えた。

「今回の陰の功労者は三宅さんだね。持つべきものは、話のわかる他社の編集だよ」

「そうだね。だけど石丸くんたちを救えなかったのは、残念でならないよ。どうにかならないの？」

「じつは、それなんだ」

岩田は身を乗り出した。

「最後にもう一つだけ、俺の企画を聞いてくれないか。みんなが生き延びるためには、これしかないと思うんだ――」

エピローグ

絢子《あやこ》は、つい今しがた買ってきた喪服《もふく》に袖《そで》を通した。ファスナーを閉じ、鏡に向かっているあいだも、現実感《リアリティ》を摑《つか》みきれない。

電車をのりついで会場に着くと、いちばん目立つ場所に〝イシマル書房新社〟の花輪が置かれていた。

この新社名が決まったのは、『小説 古事記《こじき》』の六刷りが決まった翌日のこと。朝十時ぴったりにやって来た岩田《いわた》と島津《しまづ》を、石丸《いしまる》は笑顔で迎《むか》えた。

「あらためて紹介しよう。こちらがこのたび、わが社の新CEOに就任された岩田さん。島津先生にはCEW、チーフ・エグゼクティブ・ライターを務めて頂く」

二人に拍手と花束が贈《おく》られた。しかしいくら手が痛くなるほど拍手したところで、天秤《てんびん》が釣《つ》り合うはずもなかった。というのも、この二人がイシマル書房へプレゼントしてくれたのは途方もない大金だったからだ。岩田は三鷹《みたか》のマンションを売り払って三千二百万円を用意し、島津は今回の印税の大半にあたる一千万円を出資した。

それに会社の金を合わせて、CT社から株を買い戻したのだ。石丸は会社が存続する限りこの出来事を忘れたくないと、社名に「新社」を刻《きざ》み込《こ》むことにこだわった。

「ではCEO、一言お願いします」

岩田は咳払《せきばら》いをしてから、ずいぶん痩《や》せ細ってしまった声量を、それでも振《ふ》り絞《しぼ》った。

「イシマル書房新社は、これまで通り石丸さんに社長をやってもらおうと思う。それから絢《あや》ちゃん。君には正社員になってもらいたい。受けてくれるね？」

「はい……」

絢子は酸《す》っぱいものが胸に込みあげてきた。あれだけ憧《あこが》れた出版社の編集者の座を、こんなかたちで手に入れることになるとは思わなかった。

「さて、これでわが社は綺麗《きれい》な体になったが、おかげで口座はスッカラカンだ。いまから『小説 古事記』第四巻の打ち合わせに入る。準備してくれ」

これが新CEOとしての、最初で最後の号令となった。

すでに骨やリンパ節など全身にがんが転移し、いつ緩和《かんわ》ケア施設に入ってもおかしくない状態だった。そして昨夜、逝《い》った。社主に就任して四ヶ月目のことだった。石丸は報《しら》せを受けて、「社葬《しやそう》のつもりで臨《のぞ》もう」と言った。

絢子は美代《みよ》さんと受付を担当した。石丸と竜己《たつみ》は案内係だ。といっても親類以外には、島津や多治見《たじみ》や三宅《みやけ》や「沙《さ》を梨《り》」のママの顔があるばかりで、総勢二十人にも満たぬささやかな葬儀《そうぎ》である。

「みなさん、本日はありがとうございます」

喪主《もしゅ》の裕一《ゆういち》さんが絢子たちのもとへ挨拶《あいさつ》にきた。妻の香織《かおり》さんも、あれこれと声を掛《か》けてくれる。まだ哀《かな》しみ方の作法を知らない和樹《かずき》くんは、親戚《しんせき》たちから声を掛けられるたび、所在なげに挨拶を返しては会場をうろついた。

記帳に来た多治見は「岩さん、再発したなんて最後の最後まで教えてくれなかったよ。がん同盟を結んでいたのにさ」と力なく笑った。

読経が始まった。

お焼香《しょうこう》が一巡《ひとめぐ》りして読経も済むと、裕一さんがマイクを手に取り、岩田の最後の様子を伝えた。

「父は昨夜の二十三時四十七分、息を引き取りました。享年《きょうねん》七十三でした。とても穏《おだ》やかな表情で、あまり苦しむことなく逝《い》けたのではないかと思います。晩年は、生涯《しょうがい》を捧《ささ》げた仕事にまた就《つ》くことができて、とても潑剌《はつらつ》としていました。最後のお別れにボストンへ来たときも、まるで大切な宝物のようにイシマル書房のことを話しておりました。本に生きて、本に死んだ人だったと思います。親族を代表して、イシマル書房新社の方々に感謝を申し上げます。ありがとうございました」

親戚一同に頭を下げられ、絢子たちもぎこちなく頭を下げ返した。

続いて弔辞《ちょうじ》を頼まれた島津は、メモも持たずにフリーハンドで遺影《いえい》と向き合った。そして「岩さん、言葉もないよ」と言ったきり、本当にしばらく黙《だま》り込んでしまった。

「不思議なものだね。あれだけ岩さんに原稿を読んでもらった僕が、こうして面と向き合うと、一つも言葉が見つからないなんて……。岩さん、あなたは僕のすべてでした。句読点の打ち方も、会話の呼吸も、酒の飲み方も、すべてあなたが教えてくれた。ブランクがあった間ですら、僕はあなたの忠実な生徒だったんですよ。最後に二人で飲んだとき、『俺はお前にとっていい編集者だったかどうか』と言ってたね。冗談じゃないよ。岩さん、あなたこそ世界一の編集者でした。ありがとう」

葬儀の数日後、裕一さんが弁護士をともなって会社を訪ねてきた。遺言に「イシマル書房新社の株式は全《すべ》て石丸周二《しゅうじ》に贈与《ぞうよ》する」とあったという。

「えっ、でもそんな……」

石丸が対応に戸惑《とまど》うと、裕一さんは「いいんです。どうかその通りにしてやってください」と言った。

「父は、みなさんの心の中で生き延びることに決めたのですから」

裕一さんが帰ったあと、絢子は読書メーターを開いた。〝アイアンさん〟が岩田であることには気がついていた。『小説 古事記』発売のあと、久しぶりにレビューがアップされ、またぱたりと途絶えたから。

レビューが更新されることは永遠にないだろう。
だが、いましばらくは生き延びるのだ。
思い出と共に。わたしたちの胸の中で。

あとがき

二〇一四年三月、よく晴れた日のことだった。角川春樹《かどかわはるき》氏に昼食に招いて頂いた。席上《せきじょう》、氏が言われた。

「昭和のプロ野球球団を背景にした小説を書いてみないか？」

話すうちに、西鉄《にしてつ》ライオンズを素材にすることに決まった。私はその頃《ころ》、新人賞を貰《もら》ったばかりで、右も左もわからず、長編小説の書き方もわからず（これは今もそうだが）、

「僕に、時代や方言の壁《かべ》を越《こ》えられるでしょうか……」

と、か細い声で漏《も》らした。すると氏は、こともなげに言われた。

「小説とは、根も葉もある嘘《うそ》をつき、作品に生命を吹《ふ》き込んで、読者の心を揺《ゆ》さぶるものだ。大丈夫、きっと越えられるさ」

このときの鮮《あざ》やかな驚きは、今も忘れられない。私は途端《とたん》に勇気づけられ、極上《ごくじょう》の嘘をつきたいと願った。

本書をお読みになって下さった方は、私が右の言葉をそっくりそのまま、登場人物の岩《いわ》

田鉄夫《たてつお》に言わせたことをご承知《しょうち》だろう。小説について、いやエンタテイメント作品全般についての完璧《かんぺき》な定義だと思ったので、そのまま使わせて頂いた。

本書にはほかにも、私が本で読んだり、実際にお会いした「本のプロたち」の言葉や思想が、数多くちりばめられている。

現代は、「本」に危機的なシグナルが灯《とも》った時代である。

そんな時代に、希望を謳《うた》い上げすぎることなく、かといって悲嘆《ひたん》に安住しきってしまわない人たちの声を聴きたいと願い、この作品を書いた。

その声を響かせることが出来たかどうかは、わからない。しかし書き終えて、イシマル書房新社のゆくすえに、心願《しんがん》を掛けずにはいられなかった。

二〇一七年九月末日

平岡陽明

本書はハルキ文庫の書き下ろし作品です。

ハルキ文庫

ひ 8-2

イシマル書房《しょぼう》 編集部《へんしゅうぶ》

著者 平岡陽明《ひらおかようめい》

2017年11月8日第一刷発行

発行者 角川春樹

発行所 株式会社角川春樹事務所
〒102-0074 東京都千代田区九段南2-1-30 イタリア文化会館

電話 03(3263)5247(編集)
03(3263)5881(営業)

印刷・製本 中央精版印刷株式会社

フォーマット・デザイン 芦澤泰偉
表紙イラストレーション 門坂 流

ISBN978-4-7584-4127-8 C0193 ©2017 Yomei Hiraoka Printed in Japan
http://www.kadokawaharuki.co.jp/[営業]
fanmail@kadokawaharuki.co.jp[編集]　ご意見・ご感想をお寄せください。

井上荒野の本

キャベツ炒めに捧ぐ

「コロッケ」「キャベツ炒め」「豆ごはん」「鰺フライ」「白菜とリンゴとチーズと胡桃のサラダ」「ひじき煮」「茸の混ぜごはん」……東京の私鉄沿線のささやかな商店街にある「ここ家」のお惣菜は、とびっきり美味しい。にぎやかなオーナーの江子に、むっつりの麻津子と内省的な郁子、大人の事情をたっぷり抱えた3人で切り盛りしている。彼女たちの愛しい人生を、幸福な記憶を、切ない想いを、季節の食べ物とともに描いた話題作。

井上荒野の本

リストランテ アモーレ

季節とともに移ろいゆく人生と料理。美しく彩られた食材と香り立つ恋愛——甘やかな顔立ちでもてる弟の杏二と、姉の偲がふたりで切り盛りしている目黒の小さなリストランテ。色艶に満ちた皿の数々と、それぞれの事情を抱えたアモーレども（罪深い味わいに満ちた男と女）を描く幸福な物語。

ハルキ文庫